Mord zum Aperitif

Uwe Voehl

Mord zum Aperitif

Roman

nach einem Storyboard
von Carsten Sebastian Henn
und Uwe Voehl

Verlag topp+möller
Detmold 2014

Titelgestaltung: topp+möller, Detmold
Titelfoto: Jochen Ehrhardt

Bibliografische Information Der Deutschen Bibliothek
Die Deutsche Bibliothek verzeichnet diese Publikation in der Deutschen Nationalbibliografie; detaillierte bibliografische Daten sind im Internet über http://dnb.ddb.de abrufbar.

ISBN: 978-3-936867-53-4

Erste Auflage 2014

Verlag und Gesamtherstellung: topp+möller, Detmold
Lektorat: Gisela Greving-Voehl, Malte Schulz-Sembten

Allen Hunden gewidmet –
Sie sind halt doch
die besseren Schnüffler!

Prolog:

Kalle Schlür fuhr die Strecke seit fünf Jahren. Er kannte jeden Rastplatz, jede Servicekraft hinter der Theke, jede Toilettenfrau, jedes Schlagloch, jeden Blitzer. Die A2 war Teil seines Lebens.

Aber noch nie hatte er erlebt, dass hinter ihm ein Laster mit fünf Scheinwerfern fuhr. Bis eben hatte er auch gar nicht auf den nachfolgenden Verkehr im Rückspiegel geachtet. Er war seit fünf Minuten damit beschäftigt, sich während der Fahrt die Fingernägel zu maniküren. Das hatte ihm sein Vater eingebläut, zur Not auch mit einer Tracht Prügel: „Deine Krallen sind das, worauf die Leute als Erstes schauen. Wenn du die nicht pflegst, hast du gleich verschissen!" Sein Vater war Vertreter für Handcreme gewesen. In seinem Fall war es sicherlich nicht die schlechteste Reklame, auf gepflegte Hände zu achten. Aber als Brummifahrer?

Dennoch hatte Schlür von Kindheit an den Rat seines Vaters beherzigt. Dieser hatte jeden Freitag, wenn er von seiner Tour nach Hause gekommen war, die Fingernägel der Söhne kontrolliert. Und wehe, er entdeckte da einen Trauerrand oder gar einen abgebissenen Nagel! Dann hatte es empfindliche Schläge mit dem Stock gegeben. Auf die Finger.

Schlür spürte den Schmerz noch heute; dazu reichte schon, nur an damals zu denken. Deswegen nahm er sich jedes Mal besonders viel Zeit für die Nagelpflege. Anschließend rieb er die Finger sogar mit Bebe-Creme ein, damit sie besonders weich und geschmeidig blieben. Wie ein Babypopo.

„Und als Zweites gucken sie euch auf die Schuhe!" Diesen Teil der väterlichen Predigt hatte er nie so ganz ernst genommen. Vielleicht, weil auch sein Vater ihn als zweitrangig ansah. Denn diesen Rat zu beherzigen, war kostspieliger. Schuhe kosteten nun mal Geld, und das war im Hause Schlür Mangelware. Später kam Kalle dahinter, dass sein Vater nicht nur seine Mutter, ihn selbst und die beiden Brüder verköstigen musste, sondern dass er auch noch zwei „Nebenfrauen“ und deren Kinder zu versorgen hatte.

Aber wenn schon nicht neu, so mussten Schuhe wenigstens sauber sein.

Die Cowboystiefel trug Kalle schon seit zwanzig Jahren. Natürlich nicht während der Fahrt. Da waren die viel zu unbequem. Bevor er sich hinter das Steuer seines Lkws klemmte, schlüpfte er immer in Adiletten.

Die fünf Scheinwerfer fielen ihm kurz nach Gütersloh auf. Und als er genauer hinguckte, erkannte er, dass sie gar nicht von einem Laster stammten. Das mussten Motorradfahrer sein.

Auch egal. Er hatte es eh nicht mehr weit. Detmold lag zwar etwas weit vom Schuss, aber es war auch keine Weltreise mehr bis dorthin. Während er überlegte, ob noch Zeit genug blieb, den Zehen eine ebenso sorgfältige Pediküre zu gönnen, strebten die Lichter im Rückspiegel auseinander. Gut, sollten sie überholen. Nein, es war sogar noch besser, da sie ihn die ganze Zeit geblendet hatten.

Plötzlich waren sie neben ihm. Diese Idioten! Sie überholten sogar rechts! Und sie fuhren jetzt ohne Licht.

Kalle trat auf die Bremse. Vorsichtig, um nicht noch einen der Motorradfahrer zu Fall zu bringen, lenkte er den Achtachser auf den Seitenstreifen. Die Polizei! Die würde diesen Rowdies ratzfatz den Führerschein abnehmen. Wahrscheinlich waren die Kerle sogar betrunken!

Er griff zum Handy, um die Notruftaste zu drücken. Zu spät: beide Türen wurden aufgerissen, und zwei der Chaoten drangen ins Fahrerhaus ein. Einer hob den Arm – und Kalle blickte in eine Pistolenmündung.

„Ganz cool bleiben, dann passiert nichts!“, warnte der Mann. Die beiden nahmen ihn in die Mitte, einer von ihnen setzte sich hinters Lenkrad und die Fahrt ging weiter. Am nächsten Rastplatz hielten sie an und nötigten ihn auszusteigen. Plötzlich waren noch mehr Kerle da. Da bekam Kalle es mit der Angst.

Angst verleiht Kraft, das hatte er schon immer gewusst Und er war auch so kein Schwächling. Er stürzte sich auf den nächststehenden Biker und warf ihn zu Boden. Gleichzeitig schrie er um Hilfe.

Das war ein Fehler.

Das Letzte, was er wahrnahm, war ein rasender Schmerz in seinem Kopf.

Kapitel 1:
„Im besten Fall ist der Aperitif die vorweggenommene Krönung eines Mahls. Im schlimmsten Fall läutet er die Beerdigung ein.“

„Nach Bielefeld? Das gibt’s doch gar nicht!“

Claudine verdrehte insgeheim die Augen, als jetzt auch noch ihre beste Freundin Imke diesen Kalauer brachte.

Es war inzwischen ein Jahr her, dass sie nach Bielefeld gezogen war, die Stadt, die es laut einiger Witzbolde und Verschwörungsfanatiker gar nicht geben sollte. Mal hieß es, Bielefeld sei eine geheime UFO-Versuchsanlage wie die sogenannte Area 51 Sperrzone in Amerika. Dann wieder, dass sich hier in Wahrheit der Eingang zum sagenumwobenen Atlantis befände. Letztens hatte ihr ein Auswärtiger erzählen wollen, um nach Bielefeld zu gelangen, müsse man sich erst durch einen riesigen Pudding essen. Klar: Puddingtown! In Bielefeld residierte seit jeher Deutschlands größte Puddingfirma.

Als sie ihren Freundinnen und ihrer Familie in Saarbrücken erzählt hatte, nach Bielefeld ziehen zu wollen, hatten alle – wirklich ausnahmslos alle – sie entgeistert angeschaut. „Du willst nach Bielefeld ziehen?“ Und je nach Wissenstand hatte die nächste Frage gelautet: „Wo liegt *das* denn?“ – die Betonung lag auf dem ‚das‘, was der Frage in der Regel eine abfällige Note verlieh – oder eben: „Bielefeld? Das gibt’s doch gar nicht!“

Und wie es das gab! Sie hatte es allen bewiesen, denn immerhin lebte sie jetzt schon ein Jahr hier, in einer hübschen Dachgeschosswohnung am Siegfriedplatz, und hatte ihren Traum vom hübschen kleinen Café in ihrem Besitz Wirklichkeit werden lassen.

Zur Feier des „Einjährigen“ war das „Sugar Love“ ausnahmsweise einmal voll. Der gesamte „Club der stillen Genießerinnen“ war gekommen. Außer Imke, ihrer besten

Freundin, waren auch die anderen Mädels da, die sie im Lauf des Jahres liebgewonnen hatte: Meike, Jade, Annaliesa und Tjorben. Tjorben war eigentlich kein Mädchen, aber er war zu ihrer Clique gestoßen, da er sich ebenso wie die Mädchen für Ausdruckstanz, Joga, Häkeln und Cupcake-Backen interessierte. Nachdem er in allen Kursen das einzige männliche Mitglied war, aber offensichtlich Anschluss suchte, hatten sie sich schließlich erbarmt und ihn in ihren Kreis aufgenommen.

„Und wie läuft es?“, fragte Imke nun, nachdem die erste Runde Martini gut angekommen war. Martini war sozusagen das Leib- und Magengetränk der Genießerinnen. Nicht nur zum Aperitif.

Claudine verdrehte genervt die Augen. „Auf was spielst du an? Das Geschäft oder die Liebe?“

„Beides! Schließlich hast du das ‚Sugar Love’ doch nur wegen IHM am Hals!“

Claudine schoss ihrer besten Freundin einen Giftpfeil entgegen. Zumindest konnte man den Blick so interpretieren. Sie überlegte, ob sie überhaupt antworten sollte. Aber warum nicht? Es wussten ja doch alle Bescheid. Und außer Claudines Freundinnen waren keine Gäste hier. „Na ja. Wenn die Baustelle vorm Haus noch lange da ist, kann ich bald zumachen. Ich kann ja noch nicht mal mehr Tische und Stühle rausstellen, wenn schönes Wetter ist. Im Winter lief es gut, hast du ja selbst gemerkt, aber jetzt ist es wie verhext ...“

„Dein Umsatzrückgang liegt nicht nur am Pressluftgehämmer“, sagte Annaliesa. Gerade in diesem Moment erbebten Luft und Boden, vom Lärm ganz zu schweigen. Direkt vor dem Schaufenster hatte sich ein muskelbepackter Südländer in Positur gestellt und riss den Boden auf. Er bemerkte, dass er gleich von mehreren Frauen angestarrt wurde und grinste derart selbstgefällig, als führe er auf einer Harley vor.

„Hübscher Kerl“, sagte Meike. „Aber er könnte trotzdem ein Unterhemd tragen.“ Meike kam aus einem spießigen Elternhaus. Deshalb fiel es ihr schwer, überhaupt einen Mann zu akzeptieren. Irgendwie benahmen sie sich ihre Bekanntschaften alle ganz anders als ihr Vater. Den himmelte sie an.

„Ja, dann sähe er aus wie James Dean", pflichtete Jade ihr bei. Jade war Grundschullehrerin und bemühte sich stets um den perfekten Konjunktiv. Außerdem war sie hoffnungslos verknallt in romantische Filme. Vor allem die Klassiker. In ihnen war die Welt noch in Ordnung. Die Weltfremdheit, verbunden mit der felsenfesten Erwartung, irgendwo müsse doch Mr. Perfect auf sie warten, verband sie mit Meike.

Der Presslufthammer legte eine Pause ein. „Was sagtest du gerade?", fragte Claudine.

„Dass dein Umsatzrückgang nicht nur an diesem Lärm liegt." Annaliesa war die Rationalste von ihnen. Sie lehrte Mathematik an der Uni und hatte, im Gegensatz zu Meike und Jade, den Mr. Perfect für sich selbst längst abgeschrieben. Sie nahm, was kam. Und dafür, dass sie mindestens dreißig Kilo zu viel wog und auch sonst keinesfalls dem Schönheitsideal von GNTM entsprach, standen erstaunlicherweise eine ganze Menge Männer bei ihr Schlange.

„Woran dann? Schmecken dir meine Cupcakes nicht mehr?"

„Deine Cupcakes sind und bleiben die besten, Liebste. Schau, selbst Lotte schmeckt es."

Lotte gehörte Imke und war eine Schäferhündin. Eine schon betagte Hundelady mit einer kulinarischen Vorliebe für Kuchenkrümel. Sie hatte ein trauriges Schicksal hinter sich. Nach ihrem aktiven Dienst als Spürhund beim Zoll war sie zunächst bei einer Familie untergekommen, dann aber im Tierheim gelandet, weil sie noch immer unberechenbar reagierte, wenn sie irgendwo Drogen erschnüffelte.

„Aber die Leute fahren neuerdings lieber mit der Straßenbahn ins ‚Cupcake Heaven', als in ihrem eigenen Viertel die Infrastruktur zu stärken", fuhr Annaliesa fort.

„„Cupcake Heaven‘?“ Irgendwo hatte Claudine davon gehört.

„So was wie eine Fastfood-Kette für Zuckerjunkies“, erklärte Annaliesa. „Cupcakes in Rosa, Pink, Lila, mit und ohne Glitzer oder Liebesperlen. Die ganze Palette rauf und runter. Die Dinger haben nur einen Nachteil ...“

„Also bist du auch schon fremdgegangen?“

„Na ja, jemand muss ja die Spionage übernehmen. Jedenfalls schmecken die Dinger alle gleich.“

„Und warum läuft dann alle Welt da hin?“

„Na, weil es angesagt ist. Die kommen in ein paar Monaten alle wieder hierher zurück. Zumindest die Kunden aus dem Viertel.“

„Bis dahin bin ich pleite“, resignierte Claudine.

Imke legte tröstend den Arm um sie. „Ich hätte wohl nicht fragen dürfen“, sagte sie zerknirscht. Tut mir leid. Es ist doch eine Geburtstagsfeier!“

Zu ihrem eigenen Ärger rann in diesem Moment tatsächlich eine Träne über Claudines Wange. „Oh, Liebes, nicht weinen!“ Imke drückte sie an sich, doch leider bewirkte das nur, dass noch mehr Tränen flossen.

„Ab sofort mache ich noch mehr Mundpropaganda für dein Café“, versprach sie.

„Ach, darum geht es nicht ...“

„Also doch die Liebe?“

Claudine nickte. Sie rückte von Imke ab und setzte sich. Auch die anderen nahmen nun Platz und stellten die geleerten Martinigläser auf den Tisch. Das alles hatte jetzt mehr von einer Trauergemeinde als von einer Geburtstagsgesellschaft, fand Claudine. Aber es ließ sich nun nicht mehr ändern. Aus dem Augenwinkel sah sie, wie Jade ein großes, schmales Paket außer Sicht schieben wollte. Die Gute! Wahrscheinlich schämte sie sich, angesichts der trüben Stimmung, auch noch Geschenke zu verteilen.

„Ist es für mich?“, fragte Claudine.

„Oh, ja, aber eigentlich ...“ Jade wurde rot, als hätte man sie bei einer Peinlichkeit erwischt.

„Sorry, dass ausgerechnet ich euch die Stimmung vermiese“, sagte Claudine. „Obwohl ich euch doch eingeladen habe, um mit mir zu feiern.“ Weil Jade noch zögerte, griff sie nach dem Päckchen und zog es ihr aus den Händen.

„Also, ich glaube, dass ist jetzt keine gute Idee mehr“, wandte Jade ein. Und Meike ergänzte: „Eigentlich ist es auch gar nicht für dich. Du hast ja nicht Geburtstag. Wir dachten, als Deko fürs Café ...“

Jetzt war Claudine wirklich neugierig. Sie riss das bunt bedruckte Papier auf (ausgerechnet Schmetterlinge!) und schaute auf ein paar nackter Männerfüße.

„Was, um Himmels willen, ist das?“

Die Männerfüße, so stellte sie fest, waren nur ein Teil des Ganzen. Die Pappe ließ sich aufklappen. Sie war so riesig, dass Claudine sie auf den Boden legen musste. Bald lag ein nackter Mann vor ihr. Zum Glück trug er wenigstens ein Feigenblatt. Irgendwie erinnerte sie das zusammengeklebte Teil an alte Starschnitte aus der BRAVO.

Den Kopfteil klappte sie als Letztes um.

Sie erblickte Harry Holtkötter.

Jedermann und Jedefrau kannte Harry Holtkötter. Der berühmte Fernsehkoch aus „Alles lecker, oder was?“ war der Schwarm jeder Hausfrau. Wenn der blondhaarige Hüne mit den breiten Schultern treuherzig in die Kamera schaute, schmolzen die Frauenherzen dahin und schossen die Einschaltquoten in die Höhe. Und das Beste war: Er konnte wirklich kochen. Sogar richtig gut! Dafür hatte er sich auch längst – außerhalb des Scheinwerferlichts – einen Stern erkocht.

Natürlich war Claudine nicht in Holtkötter verknallt.

Und natürlich war sie nicht nach Bielefeld gezogen, weil sein Restaurant ebenfalls in Bielefeld lag.

Und natürlich hatte sie nicht ihr Cupcake-Café eröffnet, weil auch Holtkötter ganz vernarrt in Süßspeisen war.

Aber irgendwie hatte trotzdem alles mit ihm zu tun. Sie hätte es nie zugegeben, noch nicht einmal Imke gegenüber. Es war töricht, ja, und sie war auch keine sechzehn mehr, nein, aber dennoch hatte sie sich so benommen.

Und jetzt lag Harry Holtkötter ihr zu Füßen. Wenn auch nur auf Pappe aufgeklebt und als schlechte Photoshop-Montage. Harry hätte sich nie und nimmer halbnackt zur Schau gestellt.

„Wie gesagt, das war keine gute Idee", stotterte Jade und bemühte sich, den Starschnitt wieder zusammenzupacken.

„Ach, darauf kommt es jetzt auch nicht mehr an", sagte Claudine müde. Natürlich wussten sie alle um ihre Schwärmerei, was Holtkötter anbetraf. Nur, welches Ausmaß diese Schwärmerei hatte, das wussten sie nicht. Wenn Claudine manchmal so verträumt vor sich hin schaute, und dabei die Mundwinkel immer tiefer nach unten wanderten, dann glaubten ihre Freundinnen, sie trauere noch immer ihrer gescheiterten Beziehung mit Jan nach. In Wahrheit war sie froh, den Aufschneider losgeworden zu sein. Nein, in solchen Momenten dachte sie an Harry Holtkötter – und dass sie ihn bisher noch nicht einmal aus der Nähe gesehen hatte.

„Wie wär's noch mit einem Martini?", schlug sie vor, um der Stimmung wieder etwas aufzuhelfen.

„Au ja", sagte Tjorben. Er hatte sich die ganze Zeit nicht zu Wort gemeldet. „Aber wenn es geht, dann bitte alkoholfrei." Seinen geröteten Wangen nach zu urteilen war ihm bereits das erste Glas zu Kopf gestiegen.

„Geht klar." Claudine war froh, sich für einen Moment hinter die Theke zurückziehen zu können. Von dort aus hörte sie ihre Freundinnen leise tuscheln:

„Der Holtkötter wäre genau der Richtige für sie! Vielleicht sollten wir ..."

„Nein, das geht schief. Schade, dass ..."

„Schade was?", fragte Claudine dazwischen. Sie hatte sich wieder gefasst und lächelte strahlend. Während sie vor den Augen der anderen die Martinis mixte, sagte Jade: „Na ja, der Aufsteller ist geschmacklos. Aber er war nur eine Art Ersatz. Eigentlich wollten wir dir einen Kochkurs bei Harry schenken, aber er ist auf zwei Jahre hin ausgebucht."

„Dann muss ich wohl noch zwei Jahre hier ausharren", sagte Claudine.

„Eine Frau, ein Wort!", rief Annaliesa. „Hoch die Tassen! Darauf stoßen wir gemeinsam an!"

In diesem Moment zwitscherte Claudines privates Handy. Sie hatte zwei: eines fürs Geschäft und eines, dessen Nummer nur einige wenige Leute kannten. Imke und die anderen Freundinnen saßen hier. Dadurch kamen noch weniger Anrufer infrage.

„Entschuldigt mich und trinkt schon mal weiter", sagte sie und stand auf, um sich in eine ruhige Ecke zurückzuziehen. Was gar nicht so einfach war, denn das „Sugar Love" maß gerade mal fünfzehn Quadratmeter. Also blieb nur die winzige Küche, die sich gleich hinter der Theke anschloss.

„Claudine?"

Die Stimme hatte sie seit einem Jahr nicht mehr gehört, aber sie stand augenblicklich stramm.

„Tante Claire!", entfuhr es ihr verblüfft.

Tante Claire war die heimliche Herrscherin des kleinen Küchenimperiums, dem auch Claudine entstammte.

„Wer sonst! Hast du etwa deinen Lover erwartet ...?"

„Nein ich ..." Sie überlegte, woher Tante Claire wohl ihre Nummer hatte. Es gab eigentlich nur eine Verdächtige: Claudines Mutter. Claudine hatte ihr eingeschärft, die Nummer an niemanden weiterzugeben. Aber Tante Claire kannte Mittel und Wege. Nicht umsonst nannte man sie unter vorgehaltener Hand die "Queen". Obwohl sie offiziell die Firmenleitung abgegeben hatte, zog sie im Hintergrund noch immer die Strippen. Und es war besser, sich ihr Wohlwollen zu sichern, anstatt gegen sie zu agieren. Claudine hatte den Kontakt nicht abgebrochen, aber er hatte sich ihrerseits bislang auf ein paar Briefe beschränkt. Und von Claires Seite auf das monatliche Carepaket, dass die Queen ihrer Lieblingsnichte regelmäßig zum Ersten schickte: Mit aktuellen Zeitungen aus der Heimat, druckfrischen Broschüren aus dem Möbelimperium und ihrer Lieblingsspeise: Lyoner mit Maggi. Mittlerweile besaß Claudine so viele Maggi-Flaschen, dass sie ein Museum hätte eröffnen können.

Wie auch immer: Die Queen kannte Claudines private Handynummer.

Und Claire würde nun bestimmt nicht lockerlassen und sie zu überreden versuchen, schnurstracks in die Heimat zurückzukehren.

Stattdessen drang ein Satz an Claudines Ohr, den sie nie und nimmer zu hören erwartet hätte: „Gut, dass du in Bielefeld wohnst."

„Bitte?" Sie war so verblüfft, dass sie mit offenem Mund dastand. Wenn ihr die Queen jetzt auch noch erzählte, dass sie just vor der Tür warte, würde Claudine in Schnappatmung verfallen.

„Ich sagte eben ... mein Gott, was ist denn das für ein Lärm bei euch! Kannst du nicht mal das Radio leiser drehen, Kindchen?"

„Das ist nicht das Radio, das ist der Presslufthammer. Außerdem ist es gerade etwas ungünstig. Wir feiern gerade das einjährige Bestehen meines Cupcake-Cafés."

„Wie auch immer", sagte die Tante. „Da du nun mal unbedingt nach Bielefeld ziehen musstest, wirst du dort jetzt etwas für mich erledigen."

Ich werde*? Woher weißt du das so genau?,* dachte Claudine aufmüpfig. Und es war auch so typisch, dass die Queen sich überhaupt nicht für das Café interessierte. Hätte Claudine ein Küchenstudio aufgemacht, wäre das wahrscheinlich anders gewesen.

Doch laut sagte sie: „Kein Problem. Um was geht es denn?"

„Gibt's denn in eurem Bielefeld gar keine Zeitung? Guckst du nicht fern? Wo bist du da nur gelandet, *mon cher*?"

„Nein, ehrlich gesagt, ich arbeite den ganzen Tag bis spät Abends. Da komme ich nicht zum Fernsehgucken."

Die Queen hob die Stimme. „Etwas Schreckliches ist passiert!", sagte sie. „Einer unserer Lkws ist bei Bielefeld verschwunden. Spurlos verschwunden! Mitsamt Fracht und Fahrer! Kannst du dir das vorstellen?"

„Der arme Fahrer ..."

„Der wird schon wieder auftauchen. Aber die Fracht ist futsch! Die Gangster haben es doch nur auf die Küche abgesehen!"

„Jetzt mal langsam", bat Claudine. Sie ließ sich auf einem Hocker nieder. „Eigentlich habt ihr doch genug Küchen. Schickt einfach eine hinterher."

„Schon. Aber diese Küche war etwas ganz Besonderes. Ein Prototyp. Ein Erlkönig unter den Küchen gewissermaßen, mit allen Schikanen. Deswegen war auch alles streng geheim. Dieser Fernsehkoch sollte sie testen und in seiner neuen Sendereihe vorstellen. Das wäre eine ganz große Sache auch für uns gewesen. Ideal zu unserem achtzigjährigen Jubiläum. Stattdessen ist Holtkötter sauer und ..."

„Holtkötter?" Claudine traute ihren Ohren nicht. „Aber das ..." Das war ja ein unglaublicher Zufall! Wenn nicht gar Schicksal!

„Was unterbrichst du mich denn dauernd?", fuhr ihr die Queen in die Rede. „Also: Du musst diesen Holtkötter aufsuchen und ihn irgendwie beruhigen. Und vor allem vertrösten. Lass dir was einfallen."

„Aber ich ..."

„Du unterbrichst mich ja schon wieder! Außerdem musst du mal bei eurer Polizei nachhaken. Irgendwie scheint man da den Fall nicht ernst zu nehmen."

„Wann ist das denn alles passiert?"

„Gestern Nacht."

Dann würde es auch erst morgen in der Zeitung stehen.

„Vielleicht stellt sich ja alles als ganz harmlos heraus."

„Harmlos? Von wegen! Da kannst du Arsen drauf nehmen, dass jemand unsere brandneue Küche geklaut hat. Du weißt, Kindchen, dass ich abergläubisch bin. Über dieser Küche hing von Anfang an ein Unglücksstern."

„Was meinst du denn damit schon wieder?"

„Beim Verpacken der Küche für den Transport passierte ein Unfall. Seitdem liegt dein alter Freund Gunther im Koma. Die Polizei hat einige Fragen an ihn, aber die kann er aus verständlichem Grund nicht beantworten."

Gunther! Sie waren zusammen zur Schule gegangen. Ein paar Jahre lang hatte Gunther sogar das Gymnasium besucht, aber dann war er abgedriftet. Er war nie ihr Freund gewesen, aber doch ein sehr guter Bekannter. Und als Claudine zufällig mitbekam, dass es ihm schlecht ging und er auf der Straße saß, hatte sie ihm angeboten, im Lager der Firma zu arbeiten. Das war jetzt drei Jahre her. Gunther war zufrieden mit der Arbeit, und er hatte sich gut gemacht.

„Das verstehe ich nicht ganz. Wenn es doch ein Unfall war?"

„Kindchen, wir wissen beide, wen wir damals eingestellt haben. Gunther war kein unbeschriebenes Blatt. Jetzt habe ich erfahren, dass er mehrmals vorbestraft ist. Wegen Hehlerei."

„Das war, bevor er bei uns angefangen hat. Ich bin sicher, dass er so etwas nicht mehr macht."

„Wir wollen es hoffen. Nichtsdestotrotz musst du mal nachhaken. Kopsieker heißt der zuständige Beamte bei euch. Ich habe schon mit ihm telefoniert. Ein ziemlicher Stinkstiefel. Und kümmere dich bloß um den Koch! Also: Schließ dein Café ab und halte mich auf dem Laufenden, verstanden? Bis bald."

„Verstanden, bis bald", sagte Claudine. Aber die Queen hatte das Gespräch bereits beendet.

Harry Holtkötter! Sie – ausgerechnet sie! – sollte zu ihm hin und ihn besänftigen! Sie würde in seiner Gegenwart keinen vernünftigen Satz herausbekommen. Oder doch? War das vielleicht sogar der Schlüssel zu seinem Herzen? Während sie ihn aus der Ferne anhimmelte, hatte er mit SCHMIDT Küchen einen Deal abgeschlossen.

Ja, die Küche war der Schlüssel!

Mochte er auch im Moment als verloren gelten.

Kapitel 2:
„Manch einem geht beim Aperitif der Mund über, bevor er überhaupt einen Bissen gegessen hat.“

Clemens hatte den Beistelltisch zweckentfremdet und die Karte darüber ausgebreitet. Es war ein nagelneuer Faltplan von Ostwestfalen-Lippe. Mit dem Finger fuhr er die A2 entlang: Von Gütersloh über den Bielefelder Berg bis nach Herford. Zufrieden lächelnd umkreiste er mit Rotstift einige Ausfahrten.

Da klopfte es.

„Moment!“, rief er und beeilte sich, die Karte zusammenzufalten. Was gar nicht so einfach war. Schließlich gab er sich damit zufrieden, sie halbwegs zusammengeknäult zu haben. So passte sie wenigstens in die Schublade der Kommode neben dem Bett.

Keine Sekunde zu spät, denn schon ging die Tür auf und Justus stand im Zimmer. Witternd hob er die aristokratisch geformte Nase und machte ein Gesicht, als habe er Clemens beim Rauchen ertappt. In den Räumen herrschte nämlich Rauchverbot. Der Einzige, der sich nicht daran hielt, war Justus selbst, so viel hatte Clemens schon herausgefunden.

„Äh, störe ich oder so?“, fragte Justus. Noch immer spähte er misstrauisch im Zimmer umher.

„Nein, ich war gerade dabei, dich zu fragen, ob du Lust hast, mir Detmold zu zeigen. Ich geb auch einen aus.“

„Genau das wollte ich selbst gerade vorschlagen“, sagte Justus. „Den schönen Abend gilt es zu nutzen. Außerdem ist der Kühlschrank leer. Ich kann dir noch nicht einmal ein Bier anbieten.“

„Na also, worauf warten wir da noch? Wie dichtete doch mein berühmter Namensvetter: Vom schönen Reden allein wird man nicht satt. Und durstig bleibt man auch, wage ich hinzuzufügen.“

Doch Justus hatte keine Eile. Noch immer ließ er den Blick schweifen. Da geriet ihm die Kommode ins Visier. Die Schublade war einen spaltbreit geöffnet. Als ahnte er, dass Clemens dort zuvor die Karte vor seinem Blick in Sicherheit gebracht hatte, ging Justus schnurstracks zur Kommode hin. Doch anstatt die Lade aufzureißen, schob er sie zu. Sein Lächeln warb um Verständnis, als er sich zu Clemens umdrehte: „Sorry, aber ich kann nun mal an keiner offenen Tür oder Schublade vorbeigehen. Ist so ein Tick von mir."

„Ich kann mich nicht erinnern, dass du den früher schon gehabt hast."

„Ticks kommen und gehen", behauptete Justus.

„Na ja, wenn du meinst."

Während sie das Zimmer verließen, kam Clemens die Idee, sich bei seinem alten Freund einzuquartieren, gar nicht mehr so klug vor. Eigentlich hatte er in der Umgebung ein Hotel gesucht, am besten in Bielefeld. Da hatte er sich an Justus erinnert. Eigentlich hatte er nur einen guten Tipp von ihm gewollt, aber Justus hatte ihm gleich angeboten, doch bei ihm zu wohnen. Platz sei genug da.

Nun ja. Erstens stellte Clemens fest, dass Detmold zwar auf der Landkarte nicht sehr weit von Bielefeld entfernt war, die beiden Orte aber in Wirklichkeit so weit auseinander lagen, dass die Autofahrt von da nach dort über eine halbe Stunde dauerte. Auch der Autobahnanschluss war nicht mal eben in ein paar Minuten zu erreichen. Und die Sache mit dem Platz ... nun ja. Das Zimmer war eher ein Zimmerchen, kaum größer eine Abstellkammer.

Justus und er hatten in Hamburg dasselbe Gymnasium besucht. Beide hatten sie im Team für denselben Ruderclub auf der Alster so manchen Wettkampf gewonnen. Und beide waren sie dem schönen Leben und den Künsten zugetan:

Justus war Berufsmusiker. Von den beiden Freunden war er schon immer derjenige mit der größeren Musikbegeisterung gewesen. Während Clemens noch mit dem Kassettenrecorder die neuesten Hits aus dem Radio mitschnitt, hatte Justus schon eine ansehnliche Plattensammlung besessen. Mit sechs Jahren hatte Clemens auf der Blockflöte gespielt; da konnte Justus schon ein paar Akkorde auf der Gitarre zupfen. Justus war vierzehn gewesen, als er seine eigene Band zusammenstellte, *Die silbernen Clementinen.* Er sang, spielte Leadgitarre, und er war der Bandleader. Immerhin durfte Clemens als Roadie mitanpacken. *Die silbernen Clementinen* existierten vier Jahre lang und waren zum Schluss ziemlich erfolgreich. Zumindest in Hamburg und Umgebung. Im letzten Jahr ihres Bestehens hatten sie fast jedes Wochenende einen Gig. Für Clemens bedeutete das, Wochenende für Wochenende die schweren Kisten mit den Verstärkern zu tragen – die übrigens immer größer wurden, denn die Musik wurde immer lauter. Es bedeutete für ihn aber auch, zum ersten Mal mit Groupies in Berührung zu bekommen. Je bekannter die Band wurde, umso mehr Mädchen versammelten sich vor und hinter der Bühne. Die meisten kamen wegen Justus. Er war der umjubelte Star. Der mit dem coolsten Image, den längsten Haaren und dem eindeutig größten Mädchenverschleiß. Dass er auch am meisten trank und Drogen nahm, verstärkte nur seinen Star-Appeal.

Als Justus neunzehn wurde, war Schluss damit. Justus löste die *Silbernen Clementinen* auf und zog nach Berlin. Er hatte den Jazz für sich entdeckt und meinte es nun ernst mit der Musik als Beruf. Ein paar Mal besuchten die beiden Freunde einander noch, schrieben sich Karten zu Weihnachten und zum Geburtstag, wie das so üblich war, aber schließlich versandete auch das. Von Bekannten hörte Clemens, irgendwann dass Justus einen Vertrag als Musiker am Landestheater in Detmold bekommen hatte.

Für einen Steppenwolf wie Justus musste das so etwas wie die letzte Haltestelle vor der Rente bedeuten, hatte Clemens gedacht.

Das war vor fünf Jahren gewesen.

Umso überraschter war er zu erfahren, dass Justus noch immer in Detmold wohnte. Er hatte zum Telefon gegriffen und den alten Freund angerufen. Sein Herz hatte dabei lauter geklopft als sonst. Würde sich Justus überhaupt noch an ihn erinnern?

Er hatte sich erinnert. Sofort! Und jetzt gingen sie Seite an Seite durch den Schlosspark, dessen Rasen sich in der untergehenden Sonne golden färbte. Ein paar Müßiggänger hatten es sich auf den Wiesen bequem gemacht. Vor der Schlosswache standen Stühle und Tische und luden zum Verweilen ein.

Sie suchten sich einen freien Tisch und Justus bestellte zwei Detmolder Pils. „Das wird hier gebraut. Sozusagen gleich nebenan", sagte er stolz.

„Du hörst dich an, als seist du von hier. Also bist du hier heimisch geworden?"

Justus winkte ab. „Ach, heimisch, was bedeutet das schon. Für mich ist Heimat da, wo ich gerade bin. Basta."

Das war ganz der alte Justus. Das Universum kreiste um ihn, nicht umgekehrt. „Ein Jahr mach ich den Job noch, dann setz ich mich zur Ruhe, dann kann mich Detmold mal."

„Und an welchen Ruhestandsort hast du gedacht?"

„An die Toskana. Das Anwesen hab ich mir schon ausgeguckt. Kostet zwar ein Vermögen, aber ..."

„ ... aber wie ich sehe, kannst du es dir ja leisten", ergänzte Clemens. „Du wohnst ja auch jetzt ganz komfortabel." Er deutete zu den Zinnen des Schlosses, die von ihrem Platz aus in der Sonne funkelten. Er hasste Angeber, aber der einzige Mensch, dem er Großspurigkeit verzeihen konnte, war Justus.

„Was guckst du mich so komisch an?"

„Ach, ich dachte gerade an Anna?"

„Wer ist Anna?"

„Na, Anna war doch dein Lieblingsgroupie. Du hast immer mit ihr rumgehangen."

„Da gab es so viele. Ich kann mich an keine Einzige mehr erinnern."

„Jedenfalls hat Anna mal zu mir gesagt: Ich liebe Justus, weil er nicht so angibt wie die andern. Er hat Visionen, und die verfolgt er."

Justus dachte kurz nach. Dann schüttelte er den Kopf mit den immer noch schulterlangen Haaren. Sie waren nur nicht mehr so schwarz wie früher. Ein paar graue Strähnen hatten sich eingeschlichen. „Ich kann mich echt nicht an Anna erinnern. Muss in einem anderen Leben gewesen sein."

„Wie viele Leben hattest du denn bereits?"

„Viele. Viel zu viele. Jedenfalls bevor ich hier landete. Die Ruhe hat mir gutgetan. Jetzt bin ich bereit zu neuen Schandtaten."

„Ich dachte, du wolltest dich zur Ruhe setzen?"

„Nein, ich hab da so meine Pläne, wart's ab."

Die Kellnerin brachte das Bier. Der Anblick der kalten Gläser, an denen Kondenstropfen hinabrannen, machte ihm bewusst, wie ausgetrocknet seine Kehle war. Außer Leitungswasser hatte Justus ihm keine Getränke anbieten können. Clemens tauchte die Lippe in die üppige Krone des Biers. Der erste Schluck war allerdings enttäuschend.

„Und? Wie schmeckt es dir?", fragte Justus.

„Leicht muffig", bekannte Clemens.

Justus lachte. „Genau das habe ich auch gedacht, als ich vor fünf Jahren mein erstes Detmolder getrunken habe: Leicht muffig. Genau wie Detmold selbst: Eine typische Beamtenstadt, habe ich damals gedacht. Die sind sogar noch stolz auf ihr kleinbürgerliches Spießer-Idyll. Und weißt du was das Schlimmste ist: Du gewöhnst dich daran! Und mit jedem Jahr fühlst du dich hier wohler und gehörst ein bisschen mehr dazu."

„Das klingt, als wärst du ziemlich frustriert?"

„Frustriert? Ich? Iwo." Justus fingerte ein Zigarillo aus der Packung und zündete es an. „Teil einer Idylle zu sein, ist in meinem Fall etwas sehr Beruhigendes. Aber, wie gesagt, ich bin jetzt schon zu lange sesshaft. Es ist an der Zeit für eine Veränderung."

Sie sprachen über seine Arbeit und die Kollegen im Orchester. „Alles Spinner oder Anfänger", urteilte Justus. Wir kamen auf unsere gemeinsame Vergangenheit zu reden, und Justus erklärte: „Hamburg ist so spießig wie Detmold. Und ob du Astra oder Detmolder in dich hineinschüttest: Mit der Zeit gewöhnst du dich an alles." Über die Silbernen Clementinen sagte er: „Kinderkacke. Und weißt du, warum die Band so hieß?"

„Nein."

„Na, ich hatte sie dir gewidmet. Clemens ... Clementinen! Hast du das nie gerafft, wirklich nicht?"

Clemens musste zugeben, dass er das wirklich zum ersten Mal hörte. Früher war ihm die Parallele nie aufgefallen. Jetzt lag sie plötzlich auf der Hand.

„Ich habe dich immer bewundert", outete sich Justus. Das waren Sätze, die man eigentlich nie hören wollte. Zumindest nicht von seinem besten Freund.

„Ist doch Quatsch", sagte Clemens. Um die darauf entstehende Stille zu überbrücken, nahm er einen weiteren Schluck. Stimmt, man gewöhnte sich an den Geschmack. Sehr schnell sogar.

„Nein, kein Quatsch", sagte Justus. Sein Blick ging durch Clemens hindurch, so als würde er weit in die Vergangenheit blicken. „Du kamst aus gutem Haus, meines war verkommen."

Jetzt war es an Clemens zu protestieren: „Aus gutem Haus? Mein Vater war Lehrer in Altona. Wenn er nach Hause kam, hat er erst mal einen Korn gekippt. Ihr hattet eure Villa in Blankenese."

„Ich muss mal kurz für kleine Jungs", sagte Justus. Er stand auf und verschwand in der Gaststätte.

Auch Clemens' Gedanken wanderten nun zurück. In Justus' Elternhaus hatte er die ersten Partys gefeiert, das erste Mädchen geküsst, war das erste Mal richtig betrunken gewesen. Und er hatte das gute Leben – das Leben auf der anderen Seite der sozialen Schranke – kennengelernt. Er hatte davon kosten dürfen. So oft, wie Justus ihn zu sich eingeladen hatte.

Als Justus sich wieder zu ihm setzte, fiel Clemens auf, dass sein Freund unter der Nase weiß verschmiert war. Er machte ihn darauf aufmerksam, und Justus wischte den Rückstand mit der Hand weg. Dann schüttelte Justus den Kopf. „Das stimmt nicht, was du vorhin gesagt hast. Meine Eltern hatten nie Zeit, sie waren immer woanders, wenn ich sie brauchte. Bücher habe ich erst bei dir kennengelernt."

„Stimmt, wir hatten die ganzen Bände in den Regalen."

„Old Shatterhand, Tom Sawyer ... Erinnerst du dich?"

Ja, Clemens erinnerte sich. An dunkle Regennachmittage, in denen sie es sich bei ihm oder bei Justus im Zimmer gemütlich gemacht hatten. Einer hatte dem anderen vorgelesen. Damals waren sie gerade mal zehn Jahre alt gewesen.

„Leben deine Eltern noch?", fragte Clemens.

Justus schüttelte den Kopf. „Die sind vor zehn Jahren mit ihrem Privatjet abgestürzt."

„Das tut mir leid."

„Mir nicht", erwiderte Justus eine Spur zu bitter. „Ich brauchte damals Geld, da kam mir das Erbe gerade recht. Und deine Familie?"

„Mein Vater starb vor fünf Jahren an den Folgen seiner Alkoholsucht. Meine Mutter lebt noch."

„Na, dann hast du ja noch was zu feiern."

„Wie meinst du das?"

„Na, bald ist Muttertag, mein Lieber." Er lachte schallend. Und wieder war es eine Spur zu laut, um echt zu wirken. „Und jetzt zu dir. Was genau führt dich in dieses Kaff. Ich muss gestehen, ich hab das am Telefon nicht ganz kapiert."

Das war eine berechtigte Frage, fand Clemens. Er war erst gestern am späten Abend eingetroffen, und bisher hatten

Justus und er noch nicht die Gelegenheit gehabt, miteinander zu sprechen.

Er winkte der Kellnerin. „Zwei Detmolder und zwei Schnäpse!“

Clemens wollte abwinken. Es war zu früh, sich zu betrinken. Aber die Kellnerin drehte schon wieder ab.

„Ich bin sozusagen inkognito hier. In geheimer Mission, wenn du so willst.“

„Bist du ein Bulle oder was?“

„Nein, ich bin Restaurantkritiker.“

Jetzt war Justus der Überraschte. Er starrte Clemens mit offenem Mund an. Dann wiederholte er: „Res-tau-rant-kri-ti-ker?“

„Ja, für einen großen Restaurantführer. Und nebenbei teste ich noch einige Lokale und Örtlichkeiten hier in der Region. Sozusagen als Zusatzauftrag.“

„Und davon kann man leben?“

„Na ja, nicht direkt, es sei denn, man heißt Wolfgang Siebeck. Oder man ist öfter im Fernsehen. Wie Harry Holtkötter. Der wohnt doch auch hier in der Gegend, oder?“

Justus sah Clemens aus plötzlich schmal gewordenen Augen an: „Jeder kennt hier Harry Holtkötter, auch wenn man nicht seine Sendung guckt. Und jeder weiß, dass er in Bielefeld sein Sternerestaurant hat. Müsstest du als Kritiker eigentlich auch wissen, mein Lieber. Also? Woher nimmst du die Penunzen? Bestichst du die Köche, damit sie dich für deine guten Kritiken bezahlen?“ Wieder lachte er zu laut. Allmählich ging Clemens diese neue Eigenschaft seines alten Freundes auf die Nerven. Er konnte keinen Grund für die falsche Heiterkeit erkennen..

„Du meinst, ich bin käuflich? In dieser Branche gibt es immer Leute, die einem das unterstellen. In meinem Fall sind sie nicht gut dabei weggekommen. Nein, ich habe es nicht nötig, mich schmieren zu lassen. Ich habe im Lotto gewonnen.“

„Im Lot-to?“ Schon wieder war Justus baff. „Das heißt, du hast es nicht nötig, zu arbeiten?“

„Genau. Ich habe das Geld ganz gut angelegt. Ich kann keine großen Sprünge damit machen, aber bequem davon leben. Das reicht mir.“

Die Kellnerin brachte das Bier und den Schnaps.

„Ich beginne zu begreifen“, sagte Justus. „Du reist also herum, und damit dir nicht zu langweilig wird, schägst du dir in den feinsten Restaurants die Wampe voll und schreibst auch noch darüber. Famos!“

Er hob das Glas mit dem Hochprozentigen und sagte laut: „Darauf lass uns anstoßen!“

Clemens tat ihm den Gefallen. Aber er nahm das Bierglas. Er wollte einen klaren Kopf behalten.

„Na ja“, sagte er schließlich. „Dir geht es ja auch nicht schlecht. Du bist fest angestellter Orchestermusiker, gibst noch nebenbei Musikstunden und Jazzkonzerte, wohnst im Schloss ...“

„Nur in einem bescheidenen Teil des Seitenflügels“, wiegelte Justus ab. „Apropos, ist das für dich in Ordnung mit der Miete?“

„Klar, ich überweise es dir in den nächsten Tagen ...“

„Lieber wär mir bar, wegen dem Finanzamt, weißt du.“

„Haben die dich auf dem Kieker?“

„Ja, seit letztem Jahr. Wegen der Musikstunden.“

„Na gut. Willst du das Geld im Voraus?“

„Ja, wenn du’s gerade passend hast. Du hast ja gesehen, dass mein Kühlschrank nicht mehr viel hergibt.“

Clemens betrachte seinen alten Freund genauer. Er sah tatsächlich älter aus. Älter, als er tatsächlich war. Die Wangen waren leicht eingefallen, die Schatten unter den Augen hatten eine bleierne Tönung. Früher war Justus immer mit dem jungen Jim Morrison von den Doors verglichen worden. Heute war er mit seinen markanten Gesichtszügen noch immer jemand, den die Frauen gerne anschauten. Clemens bemerkte es auch jetzt. An einem der Nachbartische unterhielten sich zwei schon ältere Damen offensichtlich über ihn. Ihre Blicke huschten immer wieder herüber. Vielleicht waren die beiden auch nur fleißige Theaterbesucherinnen und kannten Justus. Dennoch, so war es immer gewesen: Justus war der Frauenschwarm. Er selbst hingegen, Clemens, hatte sich damit abgefunden, stets die zweite oder dritte Geige zu spielen.

Justus bestellte eine weitere Runde.

„Jetzt mal Butter bei die Fische!", verlangte Clemens. „Bist du echt so pleite oder tust du nur so? Was ist mit dem Erbe, von dem du gerade noch erzählt hast?"

„Verzockt", gab Justus zu. „Zugegeben, ich hatte immer viel Geld zur Verfügung, aber ich hab auch immer auf großem Fuß gelebt. Jetzt warte ich wie jeder andere Spießer darauf, dass mein Gehalt am Monatsende auf dem Konto eingeht, damit ich nicht tiefer in die Miesen gerate." Er lachte plötzlich auf. „Jetzt bist du ja da, Gott sei Dank!"

Ja, dachte Clemens. *Jetzt bin ich da. Und vielleicht habe ich ja eine ganz besondere Aufgabe für dich!*

Er lachte nun ebenfalls und erhob sein Glas. „Damals waren wir ein ganz gutes Team, stimmts? Auf damals!"

„Auf damals? Auf heute!", berichtigte Justus.

Darauf stießen sie gemeinsam an.

Kapitel 3:
„Mit einem Aperitif im Magen wird jede Mahlzeit gut vertragen.“

Norbert Kopsieker war Polizist und Pedant. Oder vielleicht auch zuerst Pendant und erst dann Polizist. Egal: diese Kombination war sein Erfolgsrezept. Allein dadurch hatte er sich bei der Kripo Bielefeld hochgearbeitet bis zum Leiter für Vermisstenfälle und Kapitalverbrechen. Er selbst verglich sich gerne mit einem Schäferhund. Unermüdlich hechelte er Spur um Spur ab, um schließlich unerbittlich zuzupacken. Kollegen verglichen ihn lieber mit einem Wadenbeißer, weil er auch innerdienstlich keine neun gerade sein lassen konnte und so manchen von ihnen schon wegen irgendeiner Kleinigkeit angeschwärzt hatte. Auf der nach unten offenen Beliebtheitsskala rangierte er im Polizeipräsidium noch unter dem Hausmeister, der ebenfalls als bissig galt und jeden anbellte, der heimlich im Büro rauchte.

Es klopfte.

„Herein!“, blaffte Kopsieker.

Als sich die Tür zaghaft öffnete, erblickte Kopsieker eine junge Frau. Er schätzte sie auf Ende zwanzig. Sie hatte ein fröhliches Gesicht mit Lachfalten in den Winkeln des vollen Mundes. Im Moment jedoch zeigte sie eine ernste Miene. Aus großen Augen schaute sie ihn gespannt ja ängstlich an. Er bemerkte aber, dass sie die Blicke gleichzeitig neugierig durchs Büro gleiten ließ.

Er sah auf ihre Sommersprossen. Kopsieker verabscheute Sommersprossen. Außerdem hatte sie ein buntes Kleid an, als wollte sie den Frühling endlich herbeizwingen. Kopsieker entging freilich nicht, dass das Kleid sehr geschickt geschnitten war. Bei seiner Ehefrau sah man die zu vielen Pfunde sofort, egal, was sie anhatte, weil sie seit zehn Jahren darauf beharrte, weiterhin Größe 38 tragen zu können, dabei war sie diesen Maßen längst entquollen. Nun ja, die Besucherin kaschierte die paar überzähligen Pfunde jedenfalls geschickt. Wohlgefällig ließ Kopsieker den Blick über ihre Rundungen gleiten.

„Guten Morgen. Mustern Sie alle Frauen so ungeniert?“, fragte die Frau ihn unumwunden.

Hörte er da etwa einen Vorwurf heraus? Kopsieker war, wie gesagt, ein scharfer Hund, aber gegenüber Frauen zeigte er sich zuweilen gern von der weicheren Seite.

„Guten Morgen. Ich mache mir gern ein Bild von meinen Besuchern. Vor allen Dingen von ungeladenen ...“ Gönnerhaft wies er mit der Hand auf den Stuhl vor seinem Schreibtisch.

„Ungeladen? Aber ich habe den Termin mit Ihrer Sekretärin ausgemacht!“

Widerworte gab das Persönchen also auch. Na gut, dann eben auf die offizielle Tour! Er ergriff ein Formular und einen angenagten Kugelschreiber.

„Name?“

„Aber den kennen Sie doch! Hier ist meine Visitenkarte.“ Sie beugte sich vor und reichte sie ihm. „Ich bin die Nichte.“

„Vorname!“ Kopsieker konnte gnadenlos sein, wenn er es so wollte.

„Claudine.“

„Nachname!“

„Mercier.“

„Adresse!“

Fünf Minuten später legte Kopsieker das ausgefüllte Formular zurück. Alles musste eben seine Ordnung haben. Jetzt konnte er sich etwas umgänglicher geben.

„Kaffee?“

„Nein danke, aber wenn Sie einen Latte Macchiato hätten?“, lächelte Claudine.

„Latte was?“ Kopsieker starrte sie mit offenem Mund an. Dann brüllte er: „Wir sind doch hier nicht beim Wunschkonzert im Sommertheater!“

Dieser Mann war Claudine total unsympathisch. Aber sie durfte ihn nicht verärgern. Schließlich wollte sie was von ihm. Kleinlaut sagte sie: „Ich nehme auch einen Kaffee, merci.“

„Das hört sich schon besser an“, brummte Kopsieker. Er stand auf und ging hinaus auf den Flur.

Währenddessen beugte Claudine sich rasch über den Schreibtisch. Aha, er hatte sich schon alles zurechtgelegt. Zwei Schnellhefter und eine oben zugetackerte Klarsichthülle lagen penibel aufgereiht vor ihm. Viel konnte sie jedoch nicht erkennen. Vor der Bürotür erklangen Schritte. Rasch setzte sie sich wieder auf den Stuhl. Gerade rechtzeitig, denn Kopsieker trat ein und stellte einen Pappbecher mit einer schwarzen Brühe vor sie hin.

„Milch und Zucker müssen sie sich dazudenken“, sagte er und beschmunzelte seine eigene Witzigkeit.

Sehr charmant, der Typ.

Er nahm wieder hinter dem Schreibtisch Platz, und seine dicken Finger spielten mit den Schnellheftern. Das heißt, er versuchte sie möglichst gerade auszurichten. Also noch gerader als gerade.

„Ihre Tante schickt sie also hierher“, sagte er dann.

„Ja, sie lässt fragen, ob Sie schon Fortschritte im Fall des verschwundenen Lkw-Fahrers gemacht haben.

„Fortschritte machen wir jeden Tag. Und Auskünfte geben wir nur der Presse.“ Er lachte wie über einem gelungenen Witz. Doch schlagartig wurde er wieder ernst.

„Wissen Sie was?“ Er beugte sich über den Schreibtisch, sodass sie seinen bitteren Kaffeeatem riechen konnte. „Ihre Tante kann mich mal!“

„Aber die Küche ist ein wertvoller Prototyp!“

„Unsere Fahndung konzentriert sich nicht auf Ihre Küche, Fräulein. Sondern auf den Fahrer des Lkws. Wir haben da inzwischen unsere ganz eigene Vermutung.“

„Und die wäre?“ Claudine sah ihn erwartungsvoll an. Kopsieker sackte auf den Sitz zurück. „Na ja, eigentlich darf ich zu laufenden Ermittlungen nicht viel sagen ...“

Anderseits platzt du fast, wenn du es nicht ausplauderst, dachte Claudine. Dieser Kopsieker war leichter zu durchschauen als Fensterglas.

„Nun ja“, begann Kopsieker denn auch selbstgefällig. Meine Theorie ist folgende: „Der Fahrer hat sich mit dem Lkw Richtung Osten aus dem Staub gemacht. Wahrscheinlich ist er längst über die Grenze. Laster sind in Polen sehr gefragt.“

„Das glaube ich einfach nicht“, entfuhr es Claudine. „Der Mann ist schon seit drei Tagen verschwunden.“

„Er wird auch wieder auftauchen. Wir haben so etwas in der Vergangenheit schon mehrfach gehabt. Und, bitte glauben Sie mir, die Zusammenarbeit mit den polnischen Kollegen klappt sehr gut.“

Meinte er jetzt die Polizei oder die Gangster? Wie auch immer, seine Theorie hatte einen Haken:

„Die Küche ist viel mehr wert als der Lkw. Sie ist eine Spezialanfertigung für Harry Holzkötter.“ Inzwischen hatte Claudine im Laufe weiterer drängender Anrufe der Queen mehr über die verschollene Wunderküche erfahren.

„Dieser Kochfuzzie aus dem Fernsehen?«, schnaubte Kopsieker. »Meine Frau ist auch ein Fan von dem. Ich weiß nicht, was an dem so Besonderes sein soll ...“

„Jedenfalls hat die Firma SCHMIDT Küchen den Auftrag erhalten, für ihn und seine neue Fernsehshow eine ganz besondere Küche zu entwickeln.“

„Das weiß ich doch alles. Sie erzählen mir nichts Neues.“

„Aha, und steht in Ihren Akten auch, was diese Küche so besonders macht? Nicht nur die kurzen Wege, die extra große Arbeitsfläche mit der individuell auf ihren Benutzer zugeschnittene Höhe sind ganz neu, sondern auch die Insel in der Mitte mit dem Gasherd, der ...“

„Stopp!“, bat Kopsieker. „Ich will die Küche nicht von Ihnen kaufen!“

„Ja sicher. Aber Sie sollen eben begreifen, dass es eine ganz besondere Küche ist!“ Jetzt war Claudine nicht mehr zu halten. „Allein die übergroßen Auszüge, in denen Harry endlich seine umfangreiche legendäre Gewürzsammlung unterbringen kann, hat unser Küchendesigner ...“

... *zur Verzweiflung gebracht,* hatte die Queen am Telefon geklagt.

„... äh, vor ungeahnte Herausforderungen gestellt.“, improvisierte stattdessen Claudine. „Jede unserer Küchen ist etwas ganz Besonderes, aber diese eine war noch ein kleines bisschen besonderer. Unter anderem besteht sie aus den teuersten Hölzern der Welt. Die Regale zum Beispiel wurden aus Adlerholz gefertigt. Es hat eine pheremonisch beruhigende Wirkung. Wissen Sie, dass ein Kilogramm dieses Holzes um die fünfzigtausend Euro gehandelt wird? Die Arbeitsfläche wiederum besteht aus dem Holz der Elsbeere. Das war Harrys ausdrücklicher Wunsch, da er den Elsbeerbrand, der aus den Beeren gewonnen wird, als Aperitif anbietet.“

„Und was kostet ein Gläschen dieses Brandes? Eine Million?“ Kopsiekers plumper Scherz brachte Claudine nur noch mehr in Rage.

„Sie Trottel wissen *Aperitif* wahrscheinlich noch nicht einmal zu buchstabieren! Sie machen sich lustig über mich!“

Kopsieker sprang auf. Der Stuhl kippte nach hinten. „Ich weiß eine ganze Menge!“, brüllte er. Sein Gesicht lief rot an. „Vielleicht stecken Sie ja mit diesem Harry unter einer Decke! Sie scheinen ihn sehr gut zu kennen.“

„Herr Holtkötter und ich sind einander noch nie begegnet.“ Claudine versuchte, zu einem verbindlicheren Ton zurückzukehren. Auch Kopsieker setzte sich wieder.

Die Tür wurde aufgestoßen, und ein glatzköpfiger Anzugträger stürmte ins Büro. Seine dunklen, buschigen Augenbrauen erschienen Claudine geradezu furchteinflößend. Aber nicht so sehr wie die Zornesblitze, die aus seinen Augen auf sie und Kopsieker abgeschossen wurden.

„Was ist das hier für ein Lärm?“, begehrte der Eindringling zu wissen.

Kopsieker war erneut aufgesprungen. Diesmal aber katzbuckelte er. „Entschuldigen Sie, Herr Präsident."

„Schneider, einfach nur Schneider, das wissen Sie doch. Und ein Doktor davor wäre auch nicht schlecht."

„Natürlich, Herr Dr. Schneider. Selbstverständlich." Kopsieker war nicht wiederzuerkennen.

„Haben Sie Schwierigkeiten mit der Dame?"

Hallo? Ich bin jetzt und hier anwesend!, dachte Claudine empört. *Sprecht mit mir, nicht über mich!* Aber es war wohl besser, erst mal Ruhe zu bewahren.

„Nein", hörte sie Kopsieker sagen. „Frau Mercier wollte sowieso gerade gehen."

„Wollte ich nicht!", widersprach Claudine. Guter Vorsatz hin oder her, sie ließ sich nicht so einfach abwimmeln.

„Machen Sie das später unter sich aus", bestimmte Dr. Schneider. „Ich habe es eilig, weil ich gleich einen Termin mit dem Landrat habe. Haben Sie den Schlüssel?"

„Den Schlüssel?", wiederholte Kopsieker begriffsstutzig.

„Na, *den* Schlüssel!", betonte Dr. Schneider ungeduldig. „Wir haben doch darüber gesprochen, dass ..." Er warf einen scheelen Blick auf Claudine. Dann fuhr er fort: „Kommen Sie doch mal einen Augenblick mit auf den Flur, Kopsieker."

Claudine tat so, als würde sie das alles nicht interessieren. Sie hörte noch, wie Dr. Schneider drohend sagte: „ ... oder möchten Sie, dass ich Ihre herausragende Auffassungsgabe und außergewöhnliche Arbeitsbereitschaft auch dem Landrat zur Kenntnis bringe ...?"

Dann schloss sich die Tür hinter den beiden.

Blitzschnell sprang Claudine von ihrem Stuhl hoch und lief um den Schreibtisch herum. Wahrscheinlich handelte es sich um den Schlüssel, den sie vorhin unter der Plastikfolie auf Kopsiekers Schreibtisch bemerkt hatte. Sie hatte sich schon gewundert, was der mit den Akten über den verschwundenen Lkw zu tun haben sollte.

Jetzt nahm sie den Schlüssel genauer in Augenschein. Das war kein Schlüssel, mit dem man eine Lkw-Tür aufschloss. Er würde auch in kein Zündschloss passen. Im Haus der Queen hatte sie einmal einen ähnlichen Gegenstand gesehen, der sich dann aber als Korkenzieher herausstellte. Jedenfalls passte dieser Schlüssel in kein normales Schloss. Er war riesig, mindestens fünfzehn Zentimeter lang, und der Griff war altmodisch verziert mit allerlei Schnörkel. In der Mitte befand sich eine stilisierte Rose.

Von der Tür her hörte sie erregte Stimmen. Dr. Schneider konnte ganz schön laut sein. Aber Kopsieker auch. Offensichtlich ging es noch immer um den Schlüssel. Und genauso offensichtlich wollte ihn Kopsieker auf keinen Fall aushändigen. So viel verstand sie immerhin.

Als die Tür aufging, saß Claudine längst wieder auf ihrem Stuhl. Kopsiekers Kopf war puterrot, als würde er jeden Moment platzen. Der Kriminalbeamte knallte die Tür hinter sich zu und lief erregt im Raum umher. Die Besucherin schien er völlig vergessen zu haben.

Plötzlich tat er ihr leid. Er tat bestimmt nur seine Pflicht.

„Was ist denn an dem Schlüssel so besonders?", fragte sie teilnahmsvoll.

Kopsieker sah sie an, als würde er sie am liebsten erwürgen. „Raus!", schrie er.

Den Gefallen tat sie ihm gerne.

Schließlich wollte sie es nicht auf einen Mord ankommen lassen.

Kapitel 4:
„Einen Aperitif! Ein Königreich für einen Aperitif!“

„Raus!“, donnerte die Stimme.

Welch ein freundlicher Empfang! Dabei hatte Clemens noch nicht einmal angeklopft. Er überlegte, ob er irgendetwas falsch gemacht hatte. Vielleicht war dies ja doch nicht das richtige Büro. Er schaute auf das Schild gleich neben der Tür. Doch, er war hier richtig!

Er hob erneut die Hand, um anzuklopfen, als die Tür auch schon aufgerissen wurde. Ein rothaariger Tornado wirbelte ihm entgegen. Nein, es war kein Wirbelwind, es war ein Mensch. Eine Frau, genau betrachtet.

Er hatte nur einen Sekundenbruchteil Zeit für die Entscheidung, ob er beiseitetreten oder sie auffangen sollte.

Sein Instinkt wählte die zweite Option. Sie fiel so vehement in seine Arme, dass er unwillkürlich mit ihr zusammen einen Schritt rückwärts stolperte.

„Lassen Sie mich auf der Stelle los!“

Ihm war bis zu diesem Augenblick gar nicht bewusst gewesen, dass er sie umfasst hielt. Ein bloßer Greifreflex, um nicht hinzufallen.

„Gerne“, sagte er. „Sie sind mir sowieso zu schwer.“

Sie funkelte ihn wütend an: „Wollen Sie damit sagen, ich bin zu dick?“

Er trat einen Schritt zurück und musterte sie. „Na ja ...“

Er starrte auf ihre Sommersprossen. Er liebte Sommersprossen!

„Sie eingebildeter Chauvi!“ Der Blick, der ihre Worte begleitete, hätte verächtlicher nicht sein können. Sie zupfte ihr Blümchenkleid zurecht, hob arrogant den Kopf und stapfte wutschnaubend an ihm vorbei.

Clemens sah ihr kopfschüttelnd nach. Chauvi hatte ihn noch nie jemand genannt. Am liebsten hätte er ihr das hinterhergerufen. Chauvi! Er war zwar auch nicht gerade der ideale Frauenversteher, aber Chauvi – das ging eindeutig zu weit!

„Was stehen Sie denn an der Tür herum!“, tönte eine verärgerte Stimme aus dem Zimmer. Mein Gott, hatten denn heute alle eine schlechte Laune? Das war ja wie ein Virus! Und das bei prächtigstem Frühlingswetter. Clemens beschloss, sich davon nicht anstecken zu lassen. Er atmete einmal tief durch und betrat das Büro.

Der Mann – oder das Männchen – hinter dem riesigen Schreibtisch schaute ihm grimmig entgegen. Clemens schätzte den Burschen auf höchstens ein Meter neunundsechzig, falls er nicht ein Sitzzwerg war und ellenlange Beine besaß. Das Gesicht war rot angelaufen. Plötzlich begriff Clemens, und er musste unwillkürlich lächeln, denn er dachte an die Furie, die ihn eben fast über den Haufen gerannt hatte.

„Stehen Sie nicht herum, das kann ich nicht leiden. Setzen Sie sich endlich!“, knurrte sein Gegenüber. Er zog einen Notizzettel unter einem der Schnellhefter hervor. „Herr ... äh ...“

„Moliere. Clemens Moliere. Ohne Accent grave. Der wurde im Laufe der Jahre abgeschliffen.“

„Und Sie wohnen in Hamburg. Finden Sie das nicht komisch.“

„Wegen des französischen Nachnamens? Nein, meine Großeltern sind bereits vor dem Krieg nach Hamburg ausgewandert. Ich bin Deutscher wie Sie.“

„Beruhigend“, seufzte Kopsieker. „Nichts gegen unsere ausländischen Mitbürger, aber die Dame eben ...“

„Ich habe ihre Bekanntschaft gemacht“, sagte Clemens. „Zwar nur flüchtig, aber dafür heftig. Ein ganz schöner Wirbelwind, dieser Rotschopf.“ Es war immer von Vorteil, sich mit den örtlichen Polizeiorganen gut zu stellen.

„Ja, da haben Sie recht. Aber jetzt zu Ihnen, Herr ... Moliere. Der französische Name ging Kopsieker noch immer nicht leicht über die Lippen. „Sie sind Versicherungsdetektiv.“

Die Art, wie er das Wort betonte, verdeutlichte seinen Widerwillen gegen diese in seinen Augen völlig überflüssige Berufsgruppe. Alles Pfuscher, Amateure und Dilettanten. Verbrechensaufklärung war immer noch Sache der Polizei.

„Ja, bei der Gloria-Versicherung. Ich ermittle im Fall des verschwundenen Lkws. Samt Küche."

„Jetzt fangen Sie auch noch mit dieser Küche an!", schnaubte Kopsieker. „Glauben Sie, polnische Banden sind an einer Küche interessiert? Der Lkw war nagelneu, der war das Objekt der Begierde."

„Donnerwetter! Woher wissen Sie das?"

Kopsieker lehnte sich selbstzufrieden zurück. „Erfahrung", sagte er. „Gepaart mit Intuition und einem messerscharfen Verstand."

„Genau deswegen habe ich Sie aufgesucht. Ich will Ihnen in der Sache nicht dazwischenfunken. Mich interessiert im Moment einfach nur der Stand Ihrer Ermittlungen."

Kopsiekers Grinsen wurde noch breiter. Dann schüttelte er den Kopf. „Keine Chance." Dabei spielten seine Finger mit einer Visitenkarte. Clemens konnte sich denken, von wem sie stammte. Sie war von seiner Position aus nur auf dem Kopf zu lesen, aber das hinderte ihn nicht. Er war Meister im Über-Kopf-Lesen. Wenigstens wusste er jetzt, wie die Dame hieß, die ihn einen Chauvi genannt hatte.

„Wirklich nichts zu machen?", hakte er nach.

Kopsieker schüttelte den Kopf. „Gar nichts."

Clemens stand auf. Er merkte, wenn bei jemandem auf Granit biss. Unter anderen Umständen hätte er die Panzerung vielleicht knacken können, aber offensichtlich hatte die Dame, die vor ihm hier gewesen war, Kopsiekers Stimmung total verhagelt.

„Dann bedanke ich mich trotzdem ganz herzlich", sagte Clemens. Er verzichtete auf einen Handschlag, denn Kopsieker widmete sich nun demonstrativ den vor ihm liegenden Aktenordnern.

Kopsieker begleitete ihn auch nicht bis zur Tür. Auf der Schwelle drehte Clemens sich noch einmal um. „Eine Frage habe ich noch. Diese Dame eben, Frau Mercier ..."

Kopsiekers Kopf zuckte hoch. „Woher kennen Sie denn ihren Namen?"

„Berufsgeheimnis", grinste Clemens. „Aber hat sie mit diesem Fall irgendwie zu tun?"

„Das, mein Lieber, müssen Sie schon selbst herausfinden."

Das war eine klare Ansage. Mehr noch, wenn er es recht bedachte, klang es wie ein Auftrag.

Er würde ihn annehmen!

Sein nächster Weg war gar nicht weit. Bielefeld und Herford trennte gerade mal die gemeinsame Stadtgrenze. Die Spedition Speckbrock International GmbH & Co. KG war in einem Hinterhof ansässig. Die einzige Zufahrt führte an einem heruntergekommenen Schnellimbiss vorbei. Und auch sonst wirkte hier alles verkommen, fand Clemens.

Er stellte den gemieteten Audi auf dem Hof ab, stieg aus und sah sich um. Irgendwie sah es hier nicht nach Spedition aus. Oder zumindest nicht nach einer, die florierte. Ein paar Lieferwagen, die schon einige Jahre auf dem Buckel hatten, standen träge in der Sonne. Nach dem Staub zu urteilen, der auf dem Lack lag, hatten sie schon lange keine Waschanlage mehr gesehen. Aus einer Halle erklangen Hammerschläge.

Die Sonne stach. Clemens setzte die Sonnenbrille auf und marschierte über den Hof in Richtung der Halle. Unter seinen Schritten stieb trockener Staub hoch. Clemens fühlte sich an alte Wild-West-Filme erinnert. *Faustrecht der Prärie,* genau! Und gleich würde Henry Fonda von der anderen Seite aus dem O.K.-Corral treten und ...

„Was haben Sie hier zu suchen?", bellte eine Stimme hinter ihm.

Clemens hob automatisch die Hände und drehte sich langsam herum.

Er stand einem Zwerg in blauem, ölverschmiertem Overall gegenüber. Die Kappe saß ihm schief im Gesicht. Aber nicht der Gnom machte Clemens Sorgen, sondern der Schäferhund an dessen Seite Der Hund gab ein hungriges Knurren von sich.

Hunde die knurren, beißen auch. Das hatte ihm seine Oma immer eingeschärft. Und die musste es wissen. Sie hatte zeit ihres Lebens eine Mopszucht betrieben.

Clemens blinzelte gegen die Sonne an und sagte: „Ich habe eine Verabredung mit Herrn Speckbock. Um dreizehn Uhr."

„So, so, na dann", knurrte der Zwerg. Aber er klang merklich entspannter. „Fritz Ackermeier", stellte er sich vor. „Der Boss ist in seinem Kabuff." Ackermeier wies auf eine Tür. Sie befand sich am oberen Ende einer etwa drei Meter hohen Stahltreppe in der Mauer eines Backsteingebäudes. *Nur was für Schwindelfreie,* befand Clemens. Laut aber fragte er: „Ist hier immer so wenig los?"

„Nee, der Laden brummt. Hier sind nur die Büros und die Werkstatt. Die Wagen stehen auf einem anderen Gelände. Wenn sie überhaupt mal stehen. Die sind rund um die Uhr im Einsatz. Wer rastet, der rostet. Wer steht, vergeht. Wer innehält, der zerfällt. Wer verharrt, der wird verscharrt. Wer trödelt, der verblödelt. Und Zeit ist Geld. Alles Sprüche vom Chef. Und ich glaube, ich sollte jetzt auch mal weitermachen, sonst krieg ich noch 'nen Anschiss."

Er drehte sich um und marschierte o-beinig davon, gefolgt vom Schäferhund.

Clemens näherte sich der Treppe. Vor der untersten Stufe blieb er stehen und musterte das Gebilde misstrauisch. Schließlich gab er sich einen Ruck und setzte einen Fuß auf das stählerne Ungeheuer, Dann stieg er Stufe um Stufe hinauf. Die gesamte Konstruktion vibrierte unter seinen Sohlen. Das

Problem war: Clemens litt unter Höhenangst. Und die begann bei ihm bereits einen Meter oberhalb des Bodenniveaus.

Schweißgebadet kam er auf der oberen Plattform an.

Bevor er anklopfen konnte, schwang die Tür nach innen.

„Kommen Sie herein, ich habe Sie erwartet", dröhnte eine Stimme.

Speckbrock war ein Hüne von Mann. Clemens schätzte ihn auf Ende vierzig. Der kahle Kopf thronte auf breiten Schultern. Clemens, der selbst nicht gerade klein war, musste das Kinn recken, um ihm in die Augen zu sehen.

„Sie sind der Versicherungsfritze?" Speckbrock streckte ihm die Pranke entgegen. „Setzen Sie sich. Aber wir wollen es kurz machen. Ich habe meine Zeit nicht gestohlen."

„Ich weiß. Zeit ist Geld", zitierte Clemens. Er versank in einem durchgesessenen Fauteuil, der aus den Fünfzigern zu stammen schien. Speckbrock nahm im Chefsessel auf der anderen Seite des Schreibtisches Platz. Clemens saß so tief, dass er sein Gegenüber nur aus der Froschperspektive wahrnahm.

„Kaffee?", fragte Speckbrock.

Clemens musterte die versiffte Kaffeemaschine. In der Kanne befand sich eine schwarzbraune Brühe. Er schüttelte den Kopf.

„Schön, dann kommen Sie mal gleich zur Sache." Speckbrock griff in die Brusttasche seines weißen Oberhemds und zog eine eine Zigarre hervor. Clemens zuckte kurz, als Speckbrock sie mit einem Schneidbrenner anzündete.

„Ha, darauf fallen alle herein!", freute sich Speckbrock. „Haben mir meine Jungs zum Geburtstag geschenkt."

Clemens wartete, bis Speckbrock die ersten Züge gepafft hatte. „Ich habe ja bereits am Telefon gesagt", begann er dann, „dass ich von der Gloria-Versicherung beauftragt wurde, den Fall zu untersuchen."

„Meinetwegen", sagte Speckbrock gönnerhaft. „Mir ist egal, von wem ich das Geld kriege."

„Geld? Sie sind sich also ziemlich sicher, dass Ihr Lkw nicht wieder auftaucht?"

„Klar, der ist längst in Polen. Es ist reines Glück, dass wir bis dahin von der Polenmafia verschont worden sind. Fragen Sie mal die anderen Spediteure, was auf der A2 abgeht. Abgeht, im wahrsten Sinne des Wortes. Haha." Er lachte über sein Wortspiel. Als er sich am Rauch verschluckte, ging das Lachen in Husten über. Es hörte sich nicht gut an.

Clemens ließ ihn sich aushusten. Dann sagte er: „Auch Ihr Fahrer ist bis jetzt nicht wieder aufgetaucht. Ist der Ihnen ebenfalls egal?"

„Kalle?" Erneuter Hustenanfall. Dann: „Kalle taucht schon wieder auf. Verdammt, ich breche den Lumpen alle Knochen, wenn Kalle was passiert ist!" Speckbrocks Augen füllten sich tatsächlich mit Tränen. Das war nicht gespielt.

„Hatten Sie zu Kalle ... Herrn Schlür ein besonderes Verhältnis?"

„Besonderes Verhältnis? Was zum Teufel soll denn das heißen? Wollen Sie andeuten, ich sei schwul?", brauste Speckbrock auf.

Clemens hob beschwichtigend die Hände. Speckbrock schien ein Mann wechselnder Gefühlslagen zu sein. Vom Tränenbad sofort ins kalte Wasser und umgekehrt. Es brauchte viel Fingerspitzengefühl, um mit solch unausgeglichenen Charakteren ein gedeihliches Gespräch zu führen. Clemens ließ es auf den Versuch ankommen.

„Herr Schlür war sicherlich eine wichtige Arbeitskraft für Sie?"

„Kalle war mein Freund! Wir haben beide bei Nichts angefangen. Später, als ich dann den zweiten Laster kaufte, habe ich Kalle gleich eingestellt. Kalle und ich, wir sind wie ..." Nächster Hustenanfall. Und hinterher zur Beruhigung ein paar Züge an der Zigarre.

Jemand sollte ihm raten, das Rauchen aufzugeben, dachte Clemens. Laut sagte er: „Kalle, also Herr Schlür, ist nach

Türkismühle ins Saarland gefahren, um dort die Küche einzuladen, stimmt's?" Es war ein Versuch, das Gespräch wieder in geordnete Bahnen zu lenken.

Speckbrock winkte ab. „Ist doch alles bereits gegessen. Hab ich der Polizei längst erzählt. Und Ihrer Versicherung liegt das doch auch vor." Dann stahlen sich wieder Tränen in seine Augen. Für einen Mann seines Kalibers wirkte es irgendwie – verkehrt. So als trügen die Klitschkos plötzlich Lippenstift im Boxring. Oder als ließe Lady Gaga sich einen Vollbart stehen. Obwohl ...

„Glauben Sie wirklich, dass Kalle was zugestoßen ist?", fragte Speckbrock und räusperte sich.

Clemens zuckte mit den Schultern. „Auszuschießen ist es leider nicht. Die Täter werden immer gewalttätiger."

„Ich weiß nicht, wie viel Sie bekommen, wenn Sie den Fall aufklären. Aber ich gebe Ihnen zwanzigtausend bar auf die Hand, wenn Sie mir Kalle heil nach Hause bringen."

„Lassen Sie mal", wehrte Clemens ab. Zwei Auftraggeber in derselben Sache erwiesen sich selten als Vorteil.

„Nein, nein, wir machen das jetzt fest!" Speckbrock stand auf und marschierte zu dem riesigen Tresor. Unwillkürlich fragte sich Clemens, wie es wohl gelungen war, das Ungetüm hier hoch zu schaffen. Wahrscheinlich mit dem Schwerlastkran.

Er musste an den Rückweg über die Treppe denken, der ihm bevorstand, und bekam schon wieder schweißnasse Hände.

Speckbrock entnahm dem Tresor ein Bündel Geldscheine und drückte sie Clemens in die Hand. „Das ist die Hälfte. Zehntausend als Anzahlung. Und wenn Sie Kalle finden, gibt's dasselbe nochmal!"

Ehe ihn Clemens stoppen konnte, erzählte ihm Speckbrock Kalles gesamte Lebensgeschichte. Und als er das Büro schließlich verließ – um zehntausend Euro wohlhabender – hatte er den Eindruck, dass Kalle Schlür einer der besten

Menschen auf der Welt war. Nicht nur ein herzensguter Freund und verlässlicher Kumpel, sondern auch eine unersetzliche Arbeitskraft, ein vorbildlicher Familienvater und jemand, der sich exakt an die vorgeschriebenen Fahrtzeiten hielt, selbst wenn alle Kollegen ihn dafür hänselten. Nein, auch die Idee, die dieser Typ von der Polizei, Kopsieker, ins Spiel gebracht hatte, dass nämlich Kalle den Lkw selbst Richtung Polen gesteuert haben könnte, war absurd. Unvorstellbar! Kalle war zufrieden mit seiner Arbeit und mit seinem Auskommen, seine Doppelhaushälfte war längst abbezahlt und überhaupt.

So weit Speckbrocks Lobesarie. Das Einzige, was Kalle Schlür noch fehlte, um ihn auch äußerlich von normalen Irdischen abzuheben, war der Heiligenschein, dachte Clemens.

Den Abstieg in den Hof schaffte er ohne Sturz, obwohl ihn mehrmals der Schwindel packte. Enttäuscht setzte er sich in seinen Audi und fuhr los. Er war zwar um zehntausend Euro reicher, und Speckbrock hatte viel geredet, aber schlauer als zuvor war er keineswegs.

Er nahm gerade die holprige Ausfahrt, als Fritz Ackermeier, diesmal ohne Schäferhund, sich dem Wagen in den Weg stellte.

Clemens ließ die Fensterscheibe heruntergleiten, und Ackermeier steckte seinen Kopf herein. Eine Alkoholfahne wehte Clemens entgegen. „Na, was hat der Chef Ihnen für Märchen erzählt?“, fragte Ackermeier.

„Märchen? Wie kommen Sie darauf? Haben Sie gelauscht?“

„Nee, bei Ihnen nicht, aber als die Bullen ihn verhörten. Geben Sie ’ne Currywurst aus?“

Clemens nickte. „Steigen Sie ein.“

„Nee, hier haben die Wände Augen. Was glauben Sie, warum der Alte sein Büro da oben hat? Damit er alles genau überwachen kann. Hier kann er uns zum Glück nicht sehen, aber wer weiß. Fahren Sie allein auf den Parkplatz. Ich habe in fünf Minuten Mittagspause und komme zu Fuß nach."

Schnellrestaurant war eine hochtrabende Bezeichnung für die Bretterbude, aber das Essen schien okay zu sein. Mehrere Fernfahrer saßen an den Tischen und ließen es sich schmecken.

Clemens bestellte trotzdem nur ein Wasser.

Als die Bedienung ihm das Gewünschte brachte, fragte er: „Diese Spedition nebenan, was ist das eigentlich für'n Laden." Er bemühte sich um den gleichen Jargon, der hier üblich zu sein schien, was ihm allerdings schwerfiel.

„Wollense mich aushorchen oder was?"

Zum Glück traf in diesem Moment Ackermeier in der Frittenbude ein. „Na, Olga, schon Freundschaft geschlossen mit meinem neuen Kumpel?"

„Wat willste?"

„Piratenplatte wie immer. Und 'en Herrengedeck."

Olga wackelte von dannen, während sich Ackermeier vertrauensvoll über den Tisch beugte. „Hab hier öfter mit Kalle gesessen. Sonst mochte den ja keiner leiden."

„Und wieso nicht?"

„War ein Aufschneider sondergleichen. Und 'ne Petze. War sozusagen das Arschloch vom Chef. Hat auch alles gleich weitergetratscht. Und wenn sich mal einer an Fahrzeiten hielt, hat er das auch gleich weitergegeben. Er hat nämlich immer die Fahrtenschreiber eingesammelt und manipuliert."

„Können Sie sich vorstellen, dass Kalle Schlür den Lkw selbst geklaut hat?"

„Bei dem kann ich mir alles vorstellen."

„Wundert mich nur, dass Speckbrock für SCHMIDT Küchen fährt. Das ist doch eine ziemlich seriöse Firma."

„Ja, über den Auftrag war er heilfroh. Er erhoffte sich noch mehr Aufträge. Hat denen natürlich vorgespielt, dass alles seinen korrekten Gang geht. Er hat den Auftrag auch nur bekommen, weil Kalle eh gerade im Saarland eine Fuhre abgeliefert hatte und die Küche nach Bielefeld sollte. Deshalb konnte er die Fahrt zum Spottpreis anbieten. Das ist seine Masche."

Olga brachte das Herrengedeck: Ein Herforder Pils und einen Wippermann-Schnaps.

„Das geht natürlich auf meine Rechnung", sagte Clemens.

„Na denn: Prost!", trank Ackermeier sich selbst zu.

„Und privat?", fragte Clemens. „War Schlür auch privat ein Arschloch?"

„Da müssen Sie schon seine Frau fragen. Ich weiß nur, dass er ewig Geldprobleme hatte. Selbst mich hat er angepumpt. Und vor 'ner Woche oder so hat er dann alles zurückgezahlt. Ist doch komisch, oder?"

„Hat er gesagt, woher er das Geld hat?"

„Na daher, wo er's erst mal verzockt hat: In Bad Oeynhausen. Im Casino."

„Das hat er gesagt?"

„Das hatter gesagt."

Olga brachte den Piratenteller: Extrascharfe Currywurst, Pommes Majo. Irgendwie sah das lecker aus, obwohl es aus keiner Sterneküche kam. Trotzdem beherrschte sich Clemens. Für den Abend hatte er sich schon ein Lokal ausgeguckt.

Aus dem schmausenden Ackermeier war nicht mehr viel herauszubekommen. Schließlich gab Clemens ihm seine Karte.

„Oh, Versicherungsdetektiv", staunte Ackermeier kauend. „Da geht's bestimmt um viel Kohle."

„Falls Ihnen noch etwas einfällt, soll es nicht zu Ihrem Nachteil sein", versprach Clemens.

Er stand auf, bezahlte für sie beide, und ging Richtung Ausgang. Plötzlich fiel ihm noch etwas ein. Er drehte sich um und sagte: „Ist Ihnen eigentlich aufgefallen, dass wir von

Schlür die ganze Zeit in der Vergangenheitsform gesprochen haben? Als stünde schon fest, dass er tot ist."

„Vielleicht ist er's ja wirklich", grinste Ackermeier und schob sich genüsslich ein Stück Wurst in den Mund.

Kapitel 5:
„Ob Menü oder Schachspiel: die Eröffnung entscheidet!“

Ein Telefonanruf mitten in der Nacht verheißt selten Gutes.

„Mercier?“, meldete sich Claudine verschlafen.

Erst herrschte nur Stille. Dann setzte ein merkwürdiges Keuchen ein, und jemand sagte mit verstellter Stimme: „Kleine Mädchen, die Polizistin spielen wollen, leben gefährlich. Sehr gefährlich.“

Von einer Sekunde zur anderen war Claudine hellwach. „Wer sind Sie?“, fragte sie beherrscht.

„Jemand, der dich kennt. Deshalb der gute Rat. Steck deine hübsche Nase in deine Cupcakes und nirgendwo sonst hinein.“

Claudine ließ die Worte einige Sekunden auf sich einwirken. Jemand, den sie kannte? War das vielleicht nur ein Scherzanruf? Sie versuchte, die Stimme zuzuordnen, aber es misslang.

„Bist du noch dran?“, höhnte der Anrufer.

„Wenn Sie mir nicht sagen wollen, wer Sie sind, lege ich auf!“

„Keine Polizei mehr! Kein Rumschnüffeln! Sonst stehe ich vor deiner Tür!“

„Sie ...“

Aber der Anrufer hatte die Verbindung unterbrochen.

Als Claudine den Hörer zurücklegte, zitterten ihre Hände. Angstschweiß trat ihr auf die Stirn. Und dann zitterte sie am ganzen Körper.

Sie war im Leben noch nie bedroht worden. Schon gar nicht anonym am Telefon.

Sonst stehe ich vor deiner Tür!

Zunächst musste sie das Zittern in den Griff bekommen. Das beste Gegenmittel gegen Angst war Wut. Also dachte sie an den Anrufer und daran, wie unverschämt es war, ihr zu drohen, zumal auf solche Weise. Es funktionierte! Sie spürte, wie die Angst der Empörung wich. Zwar nur einen Fußbreit, aber immerhin. Trotzdem würde sie wahrscheinlich aufschreien, wenn jetzt das Telefon noch einmal klingelte.

Was war jetzt zu tun? Bei der Polizei anrufen? Bis die hier war, konnte wer weiß was passieren.

Sonst stehe ich vor deiner Tür!

Wie ein unheilkündendes Echo geisterte diese Drohung ihn ihrem Kopf herum. Mit kühler Analyse und Strategie kämpfte sie dagegen an.

Analyse: Du stehst im Licht!

Das Telefon war im Wohnzimmer. Beim Eintreten hatte sie das Deckenlicht eingeschaltet. Die Vorhänge waren offen. Aber selbst wenn man sie zuzog – sie waren nicht blickdicht. Für jemanden, der unten auf dem Siegfriedplatz stand, zeichnete Claudine sich hinter den erleuchteten Fenstern deutlich ab.

Bis zum Lichtschalter waren es zwei Schritte. Sie löschte die Lampe. Jetzt lag das Zimmer im Dunkeln.

Strategie: Blickdichte Vorhänge kaufen!

Sie schob den Gedanken nach hinten. Mitten in der Nacht hatte kein Laden geöffnet. Nein, im Moment war anderes wichtiger.

Strategie: Nachsehen, ob jemand sie von der Straße aus beobachtete.

Es dauerte ein paar Sekunden, bis ihre Augen sich an die Dunkelheit gewöhnt hatten. Von draußen drang Mondlicht herein und hob die Umrisse der Möbel aus dem Dunkeln. Claudine huschte zum Fenster. Sie bewegte sich schon wieder sicherer. Der erste Schock war vorüber.

Vorsichtig spähte sie hinab.

Und erstarrte augenblicklich.

Dort unten auf dem Platz stand eine einsame Gestalt. Sie trug einen langen Mantel. Der Kopf war von einer Kapuze verhüllt.

Claudine spürte, wie ihr Herz wie eine Faust gegen ihre Brust klopfte.

Wer immer dort unten verharrte, war kein zufälliger Passant. Nicht mitten in der Nacht. Und niemand trug bei diesem Wetter eine Kapuze. Es war eine regenlose Frühlingsnacht.

Starrte er zu ihr hoch? Am liebsten hätte sie sich geduckt und wäre vom Fenster weggerobbt. Doch dann siegte ihr Verstand. So lange sie im Dunkeln war, konnte er sie von dort unten unmöglich sehen.

In der Hand des Mannes leuchtete etwas auf. Vielleicht das Display eines Handys.

Claudine hielt den Atem an.

Im selben Moment klingelte im Zimmer das Telefon. Claudine war ganz sicher, dass es der Anrufer von eben war. Er stand dort unten und starrte zu ihr herauf.

Obwohl ihr der gesunde Menschenverstand noch immer sagte, dass der Fremde sie nicht sehen konnte, so lange das Licht im Zimmer ausgeschaltet blieb, konnte sie sich des Gefühls nicht erwehren, dass er jeden ihrer Schritte verfolgte.

Strategie: Die Wohnungstür sichern!

Claudine wusste, dass sie in Bezug auf Einbrecher leichtsinnig war. Sie war noch nie Opfer eines Überfalls oder eines Einbruchs geworden. Wenn sie die Wohnung verließ, zog sie nur die Tür hinter sich zu und ließ das Schloss einrasten. Bis heute Nacht hatte sie geglaubt, im sichersten Teil von Bielefeld zu wohnen.

Sie schlich zur Tür. Das Parkett knarrte so laut unter ihren Schritten, als würde ihr jemand folgen. Einmal drehte sie sich tatsächlich um. Aber da war niemand. Natürlich nicht! Das mulmige Gefühl blieb trotzdem.

Das Telefonklingeln ignorierte sie, bis es endlich verstummte. Hatte der Anrufer aufgegeben?

Sie erreichte die hohe Eingangstür. Die mattierte Verglasung hatte sie bisher immer als dekorativ empfunden. Jetzt dachte sie nur mit Sorge daran, wie leicht sich das Glas einschlagen ließ. Lauerte da nicht ein Schatten hinter der Tür? Nein, auch nur wieder Einbildung! Oder doch nicht? Wo hatte sie nur den Wohnungsschlüssel? Natürlich! Da sie nie abschloss, steckte er auch nicht im Schloss. Fieberhaft überlegte sie, wo sie ihn hingetan hatte. In die Tasche irgendeiner Jacke. Aber ihr wollte ihr partout nicht einfallen, welche sie zuletzt getragen hatte.

Sie glaubte, aus dem Treppenhaus ein verstohlenes Geräusch zu vernehmen. Ihr Händezittern kehrte zurück. *Menno!* Wo blieb ihr Zorn, um die Angst zu verdrängen!

Doch die Angst wurde stärker und stärker und gewann immer mehr die Oberhand. Claudine schlich zur Garderobe und wühlte in den Jackentaschen. Endlich ertasteten ihre Finger das Schlüsselbund.

Und jetzt noch im Dunkeln auf Anhieb den richtigen Schlüssel finden! Und wieder zurück zur Tür, um ...

Diesmal gab es kein Vertun! Die Geräusche im Treppenhaus waren echt!

Sie versuchte, ohne Licht das Schlüsselloch zu treffen, aber der Schlüssel rutschte immer wieder ab. Und dann fiel er ihr auch noch zu Boden.

Das Klirren hatte wahrscheinlich durchs ganze Haus geschallt!

Sie hielt den Atem an. Lauschte. Ganz deutlich hörte sie nun die Schritte, die aus dem Hausflur drangen. Jemand kam die Treppe herunter.

Im nächsten Moment sprang die Treppenhausbeleuchtung an. Claudine unterdrückte mit Mühe einen Schrei. Dann sah sie den unförmigen Schatten über die milchige Türverglasung gleiten.

Und atmete auf. Blitzschnell war sie an der Tür und lugte durch das Glas hinaus.

Sie erkannte hinter dem geriffelten Glas verschwommen Opa Gernhardt. So nannten ihn alle hier im Haus. Opa

Gernhardt wohnte in der Etage über ihr, und er trug morgens Zeitungen aus.

Sie überlegte, ob sie ihn um Hilfe bitten sollte. Andererseits würde ihr der Siebzigjährige kaum echten Beistand leisten können, so rüstig er auch war. Außerdem, was sollte sie ihm denn sagen? Bevor sie ihn hätte abfangen können, waren seine Schritte auch schon verklungen. Sie hörte, wie unten die Haustür zuschlug. Das Licht im Treppenhaus verlosch.

Sie bückte sich, bekam das Schlüsselbund zu fassen, und diesmal gelang es ihr gleich auf Anhieb, den passenden Schlüssel in das Schloss zu stecken, Sie drehte ihn herum. Einmal, und zur Sicherheit noch einmal.. Doch dann zog ihn wieder wieder ab, wegen der Glaseinsätze in der Tür. Wenn sie schon auf Nummer Sicher ging, dann richtig.

Sie huschte wieder zum Fenster. Als sie hinausspähte, war die Gestalt verschwunden.

Vielleicht hatte Opa Gernhardt den Fremden gestört. Claudine ließ den Blick über den gesamten Marktplatz schweifen. Es gab nur wenige Schatten und Ecken, in denen man sich verstecken konnte. Wahrscheinlich war der Anrufer längst über alle Berge.

Und wenn nicht?

Wer garantierte ihr denn, dass Opa Gernhardt das Haus sicher verlassen hatte? Vielleicht hatte der Unheimliche ihn abgefangen, ihn überwältigt – und befand sich nun selbst im Treppenhaus.

Erklomm die Treppe zu ihrer Wohnung!

Strategie: Die Polizei einschalten! Aber hatte der Anrufer sie nicht gerade davor gewarnt? Sie dachte an Kopsieker. Der hatte sie gar nicht ernst genommen. Vielleicht würde man ihr auf der Wache auch jetzt nicht glauben.

Also schob sie den Gedanken, die Polizei anzurufen, wieder nach hinten.

Alternative Strategie: Imke anrufen! Erstens wohnte ihre beste Freundin genau im Haus gegenüber auf der anderen

Seite des Platzes. An manchen Abenden machten sie sich einen Spaß daraus, einander über den Platz hinweg Gute Nacht zuzuwinken. Oder sie prosteten sich morgens mit einer Tasse Kaffee zu. Imke würde in Nullkommanichts bei ihr sein. Und zweitens würde sich Imke vor keiner nächtlichen, vermummten Gestalt fürchten. Und drittens war da ja auch noch Lotte, die Schäferhündin. Claudine konnte sich zwar nicht erinnern, das Tier jemals aggressiv erlebt zu haben; im Gegenteil, sie ließ sich von jedermann kraulen und hätscheln. Aber für ihr Frauchen würde Lotte durchs Feuer gehen. Bestimmt.

Als Claudine die Direktwahl von Imkes Nummer drückte, zitterten ihre Hände kein bisschen mehr.

Trotzdem zählte sie die Sekunden, bis der Anruf endlich angenommen wurde.

„Spinnst du? Mitten in der Nacht?“ Imke sah auf dem Display, wer dran war.

„Du musst sofort rüberkommen!“, beschwor Claudine sie. „Ich werde bedroht. Und bring Lotte mit!“

„Und ob! Halt durch, Darling!“

Imke hatte die Verbindung unterbrochen. Dass war das Gute an Imke. Sie stellte keine unnötigen Fragen. Sie eilte zu Hilfe, wenn jemand Liebeskummer hatte. Sie war zur Stelle, wenn sie bei einem Umzug Kisten stemmen sollte. Sie half im Café aus, wenn Claudine unpässlich war ...

Claudine atmete tief durch. Jetzt konnte ihr nichts mehr passieren. Imke würde gleich bei ihr sein.

Irgendwann hörte sie, wie die Wohnungstür aufgeschlossen wurde. Zuerst durchfuhr sie ein Schreck, aber dann erinnerte sie sich, dass sie Imke ja einen Wohnungsschlüssel gegeben hatte. Für alle Fälle. Also musste sie nicht klingeln.

Im Flur ging das Licht an. Dann hörte sie Bellen. Lotte!

„Claudine? Wo steckst du?“

„Hier“, hauchte sie. Sie machte nun ebenfalls Licht. Egal, ob der Schweinehund draußen sie sehen konnte oder nicht.

In der nächsten Sekunde sprang ein schwarzer Schatten ins Zimmer. Lotte! Die Hundedame kam auf Claudine zugelaufen und wuffte erfreut.

Hinterdrein folgte Imke. Sie trug ihren pinkfarbenen Frotteebademantel eng um den Leib geschnürt. Die Haare standen ihr wild vom Kopf ab. Irgendwie erinnerte sie in diesem Moment an eine kampfeslustige Miss Piggi. Und nie zuvor war Claudine so froh gewesen, ihre Freundin zu sehen.

Sie fiel Imke in die Arme. „Hast du die Wohnungstür wieder zugemacht?"

„Natürlich."

„Und hast du irgendjemanden gesehen? Vor dem Haus, meine ich? Oder im Treppenhaus? Eine große Gestalt mit Kapuze und dunklem Mantel."

„Nein", erwiderte Imke. „Eine große Gestalt mit Kapuze und dunklem Mantel? Das ist ja die reinste Gruselromantik!" Imke bemerkte Claudines Gesichtsausdruck und bereute ihre Worte augenblicklich. „Entschuldige, Darling! War nicht so gemeint. Und jetzt erzähl. Ganz ruhig und ganz von vorn."

Das tat Claudine, und mit jedem Satz ging es ihr ein wenig besser.

Imke und Lotte hatten sich für den Rest der Nacht bei Claudine einquartiert. Trotzdem hatte Claudine kein Auge mehr zugetan. Das Frühstück hatte sie ausfallen lassen. In ihrer Wohnung fühlte sie sich nicht mehr geborgen. Wenigstens das hatte der Fremde mit seinem Drohanruf erreicht.

Blieb als Refugium noch ihr Café. Früher als sonst, schon um halb acht, schloss sie auf. Imke machte für sie beide einen Kaffee und klaubte ein paar Cupcakes aus der Vitrine.

Nach und nach trudelten auch die übrigen Freundinnen ein. Imke hatte sie alle zum Kriegsrat einberufen, und um ihrer bedrängten Schwester moralischen Beistand zu leisten.

Nur Tjorben musste absagen, weil ausgerechnet heute sein Praktikum im Waldkindergarten begann.

Jede eintreffende Freundin wollte in ihrer Neugier und Ungeduld sofort wissen, was los war. Daher musste Claudine ständig von Neuem erzählen, was passiert war. Sie berichtete nicht nur über den Anruf, sonden auch von ihrem Besuch bei Kopsieker.

„Alles Chauvi-Schweine!“, schimpfte Annaliesa. Sie hatte ihre Mathematikvorlesung abgesagt, um ihrer Freundin zu helfen.

„Der war noch nicht mal der Schlimmste!“, empörte sich Claudine. „Noch schlimmer war der Kerl, mit dem ich dann an der Tür zusammenstieß.“ Sie beschrieb ausführlich, wie der Mann, der vor Kopsieks Bürotür gelauert hatte, sie an sich presste. Dabei übertrieb sie ein wenig. Aber es tat nach dieser schrecklichen Nacht gut, im Mitgefühl ihrer Freundinnen zu baden.

„Und falls genau dieser Widerling auch hinter dem Anruf steckt?“, gab Jette zu bedenken. „Immerhin könnte er ja auf den Geschmack gekommen sein, nachdem er dich begrabscht hat. Außerdem wusste er, dass du bei der Polizei warst.“

„Na ja, aber er wusste nicht warum. Außerdem weiß er doch gar nicht, wer ich bin und wo ich wohne.“

„Wer weiß, vielleicht stecken der und dieser Kopsieker ja unter einer Decke?“

Im weiteren Verlauf wucherten die wildesten Spekulationen. War Claudine einer international agierenden Mafiabande in die Quere gekommen? Handelte es sich bei dem Unbekannten um eine Art Ripper von Bielefeld? Oder waren Kopsieker und der Grabscher Teile der berüchtigten Bielefeld-Verschwörung?

Erst Meike lenkte die Diskussion wieder in wirklichkeitsnahe Bahnen. „Was hat es denn mit dem Schlüssel auf sich, den du bei dem Typen im Büro gesehen hast?“

„Stimmt!“ Claudine versuchte sich an den überdimensionierten Schlüssel zu erinnern. Es fiel ihr schwer. Und trotzdem war da etwas ganz Bestimmtes ... Zeichnerisch war sie unbegabt, aber ...

Vielleicht fiel es ihr beim Backen ein!

„Lasst mich mal für zehn Minuten überlegen!“, bat sie, huschte in die winzige Küche und nahm Marzipanmasse aus dem Kühlschrank. Während sie versuchte, sich den Schlüssel ins Gedächtnis zu rufen, formten ihre geübten Finger wie von selbst kleine Gebilde. Schließlich hatte sie ein Dutzend Schlüssel gestaltet, in stark verkleinertem Maßstab und einheitlich grau wie das Rohmarzipan, aus dem sie bestanden. Nun wurde die Erinnerung konkreter. Der Bart war im Verhältnis viel größer gewesen, und der Griff verschnörkelt. Und da war noch etwas an dem Griff gewesen. In Rot und Gelb. Eine Blume. Wie eine Art stilisierte Rose.

Es dauerte tatsächlich nicht länger als zehn Minuten, bis sie die Verzierungen nachgebildet hatte. Cupcakes waren von gestern noch genügend übrig. Sie verschönerte sie mit den kleinen Marzipanschlüsseln, verteilte eine Prise Glitzerstreusel darüber und servierte sie schließlich auf einer silbernen Etagere. Herrlich! Sie fühlte sich plötzlich viel besser!

„Voilà! Die spendiere ich zum Frühstück!“, lud sie ihre Freundinnen ein.

Während alle beherzt zugriffen, fragte Jade: „So sieht also der Schlüssel aus, um den es ging?“

Claudine spülte einen Bissen der Süßspeise mit nicht minder süßem Cappuccino herunter. „Ja, aber der war natürlich viel größer. Wie ein Schlüssel zu einem Weinkeller oder einem Burgverlies oder so ...“

„Das Ding da in der Mitte ist die sogenannte Lippische Rose.“ Als Grundschullehrerin musste sie so etwas ja wissen, dachte Claudine. Andererseits kannten in Detmold und in Lippe wahrscheinlich die meisten Menschen die Bedeutung der Rose. Nur sie selbst nicht. An solchen Dingen merkte man halt, dass man eine Zugezogene war.

„Aber wer braucht denn so einen riesigen Schlüssel?“, wunderte sich Imke.

„Ich wüsste ein Gebäude, wo er hinpasst“, sagte Jade. „Ins Detmolder Schloss.“

„Meinst du das jetzt im Ernst?“, fragte Imke. Claudine konnte nicht mitreden. Zu ihrer Schande musste sie sich eingestehen, dass sie bisher noch nicht einmal in Detmold gewesen war. „Gibt’s dort wirklich ein Schloss?“, fragte sie.

„Ja, mitten in der Stadt. Und es wird noch immer bewohnt. Seit 1950 ist Dr. Arnim Prinz zur Lippe Eigentümer des Schlosses. Er ist ein Sohn des letzten regierenden Fürsten Leopold IV.“

„Ich glaub nicht, dass der Fürst einen Lkw klaut“, mischte sich Annaliesa ein.

„Glaub ich auch nicht“. Claudine musste ihr recht geben. Einen Prinzen, der eine Küche stahl, konnte sie sich irgendwie nicht vorstellen.

„Guck dir das Schloss doch einfach mal an“, schlug Imke vor.

„Und das Café? Ich habe doch gar keine Zeit, mir das Schloss anzusehen. Und selbst um das Café kann ich mich dank der Queen derzeit kaum kümmern.“

„Quatsch“, entschied Imke. „Mit den paar Kunden, die heute morgen ins ‚Sugar Love‘ kommen, werd ich schon fertig.“

„Und ich fahre mit dir nach Detmold und zeige dir das Schloss!“, schlug Annaliesa vor.

„Musst du nicht zur Schule?“

„Heute ist Samstag, meine Liebe. Schulfrei!“

„Ich weiß nicht recht ...“, sagte Claudine zögernd. Wo war ihre Tatkraft geblieben? Hatte der Anrufer so schnell erreicht, was er wollte? „Außerdem habe ich von heute Nacht noch genug. Ich wäre fast gestorben vor Angst.“

In diesem Augenblick glitt Claudines Blick an den anderen vorbei. Vor der Schaufensterscheibe war eine hohe Gestalt aufgetaucht. Sie trug einen dunklen langen Mantel mit zurückgeschlagener Kapuze.

Fast hätte sie aufgeschrien, als die Gestalt gegen die Scheibe klopfte.

„Das ist ja Tjorben“, entfuhr es Imke. „Ich denke, der ist in seinem Waldkindergarten?“

„Habe ich einen Schreck bekommen. Der sieht in dem Mantel ja aus wie Jack the Ripper“, sagte Jade.

Claudine sagte nichts. Sie starrte die Gestalt draußen vor der Schaufensterscheibe an und fragte sich, was Tjorben die Nacht auf dem Siegfriedplatz zu suchen gehabt hatte.

Kapitel 6:
„One martini is alright, two is too many, three is not enough.“

Straßenkarte? Reiseführer? Handy? Portemonnaie? Notfallschokolade? Autoschlüssel? Alles gepackt und verstaut. Aber wo war der verdammte Schlüssel für das Portal?, ärgerte sich Clemens. Justus hatte ihm den Schlüssel unter strengsten Auflagen anvertraut. Das Ding war so lang wie Clemens Hand und kunstvoll gearbeitet. Laut Justus gab es davon nur ein Dutzend Stück. Sie passten zum schmiedeeisernen Eingangsportal des Parks. Zu den normalen Publikumszeiten stand das Tor offen, sonst aber war es versperrt. Bei der Aushändigung des Schlüssels hatte Justus eine schauerliche Geschichte zum Besten gegeben. Der Legende zufolge hatte der bisher Letzte, der den Schlüssel zum Portal verloren hatte, am Galgen geendet. Es war ein untreuer Hausmeister gewesen. Er war entlassen worden, danach aber noch mehrmals als Dieb ins Schloss eingedrungen. Bei einem der Einbrüche war er erwischt worden und mit einem Hausdiener zusammengeraten. Er hatte den Hausdiener die Treppe heruntergestoßen, worauf dieser sich das Genick brach. Der Hausmeister war darüber so entsetzt, dass er sich freiwillig stellte. Das alles war zwar zweihundert Jahre her, aber angeblich traf noch heute der Fluch einen jeden, der einen der Schlüssel verlor.

Clemens glaubte nicht an die Wirksamkeit von Flüchen. Aber er hatte auch keine Lust, sich womöglich noch vor dem Prinzen rechtfertigen zu müssen.

Eigentlich hatte er heute sogar vorgehabt, Justus zu sagen, dass er ausziehen und sich ein Hotelzimmer suchen werde. Justus, das war ihm gestern Abend bewusst geworden, hatte sich verändert. Klar, innerhalb von zwei Jahrzehnten veränderte jeder sich, und eine großartige Vergangenheit oder eine dicke Freundschaft wirkten im Rückblick oft verklärt.

Justus hatte offenbar ernste Probleme. Er haderte mit sich und seinem Leben. Und er hatte Geldsorgen, weil er nach eigener Aussage auf zu großem Fuß lebte und zu wenig verdiente. Clemens hegte einen weiteren Verdacht. Der weiße Streifen unter Justus' Nase gestern. Das konnte Kokain gewesen sein.

Und er selbst war kurz davor gewesen, Justus einzuweihen, dass er seinerseits nicht ehrlich gewesen war. Restauranttester war er tatsächlich. Aber verschwiegen hatte er, dass er außerdem bei einer Versicherung als Schadensermittler tätig war. Und der Lottogewinn – der war sogar erlogen. Aber sie half ihm dabei, dass die Leute keinen Verdacht schöpften, wenn er berufsbedingt herumschnüffelte. Lottogewinner konnten es sich leisten, einfach so in der Weltgeschichte herumzureisen, herumzuflanieren, Müßiggang zu pflegen und in teuren Restaurants zu speisen.

Nein, er würde Justus erst einmal nicht die Wahrheit sagen. Und er konnte seinem Freund auch nicht helfen. Er war kein Psychiater oder Therapeut. Er hatte seine eigenen Probleme. Und eines davon war, den Lkw wiederzufinden. Dafür wurde er bezahlt. Außerdem machte er sich inzwischen Sorgen um den Fahrer.

Wo war bloß der verdammte Schlüssel?

Sein Blick wanderte aus dem Fenster. Von dort konnte er in die Fußgängerzone und auf einen Teil der Parkanlage blicken. Plötzlich traute er seinen Augen nicht. Die Schlüsselsuche war vergessen!

Dort unten stand der rothaarige Wirbelwind, der ihm im Polizeipräsidium in die Arme gelaufen war und ihn als Chauvi bezeichnet hatte. Auch heute trug sie ein geblümtes Kleid. Wahrscheinlich hatte sie einen ganzen Kleiderschrank voller geblümter Kleider. Sie fiel darin auf, denn im Gegensatz zu den übrigen Passanten, die größtenteils in gedämpften Farben herumliefen, strahlte sie eine gerade unverschämte Fröhlichkeit aus. Auf ihrem Gesicht war von der Fröhlichkeit und Unbekümmertheit allerdings nichts zu sehen. Jedenfalls soweit er das erkennen konnte. Leider war sie zu weit weg.

Sie stand am Portal, das die Fußgängerzone vom Schlossgarten trennte und schaute es sich interessiert an. Außerdem schien sie nicht allein gekommen zu sein. Eine pummelige Dame mit blondgefärbten, hochtoupierten Haaren befand sich in ihrem Schlepptau.

Komisch, dass die beiden Frauen sich ausgerechnet für das Portal interessierten, wo er gerade den dazu passenden Schlüssel suchte. Egal, dafür hatte er jetzt keine Zeit. Er hatte einen festen Zeitplan für den heutigen Tag. Und um dreizehn Uhr stand der wichtigste Termin überhaupt an: Mittagessen in Holtkötters Restaurant „Zur Taube". Darauf freute er sich ungemein. Und dafür hatte er heute Morgen beim Frühstück sogar auf ein zweites Rührei verzichtet.

Jetzt aber los! Der Schlüssel würde sich schon wieder einfinden. Clemens schnappte sich das sommerlich leichte Leinensakko und lief auf die Straße hinab. Unterwegs konnte es ja nicht schaden, die Rothaarige mal näher in Augenschein zu nehmen. Ganz beiläufig natürlich. Er setzte die Sonnenbrille auf. Warum hatte Kopsieker den Rotschopf überhaupt in sein Büro bestellt? Diese Frage hatte der Mann ihm ja leider nicht beantwortet.

Clemens bemühte sich um einen müßig schlendernden Gang, während er sich den beiden Frauen näherte. Die Rothaarige, wie hieß sie noch mal? Merci? Wie die Schokolade, genau! Claudine Merci!

Leider erkannte sie ihn sofort. Er war noch etwa zwanzig Meter entfernt, da stupste sie ihre Begleiterin bereits in die Seite und wies ganz ungeniert mit dem Finger auf ihn.

Sobald er nähergekommen war, hörte er sie noch sagen: „... Rüpel vom Dienst."

Er tat, als hätte er es nicht gehört. Er blieb vor ihr stehen, sah ihr prüfend ins Gesicht und fragte: „Kennen wir uns von irgendwoher?"

Die blonde Begleiterin gab einen entrüsteten Laut von sich, eine Mischung aus „Puh“ und „Pfuu“. Vielleicht sollte es auch „Pfui“ heißen. Auch diesmal überhörte Clemens die Äußerung. Als sie aber auch noch ein „Was für eine plumpe Anmache!“, nachschob, wurde es ihm zu viel.

„Erstens habe ich nicht Sie gefragt, zweitens kennen *wir* beide uns garantiert nicht!“

„Beleidigen Sie nicht meine Freundin, Sie!“, mischte sich nun Madame Merci in die Auseinandersetzung. Sie funkelte ihn an: „Spionieren Sie mir etwa hinterher? Sie sind doch der Chauvi aus dem Präsidium. Glauben Sie nicht, ich hätte Sie nicht erkannt. Ihre lächerliche Sonnenbrille nützt Ihnen gar nichts!“

Lächerlich? Die Sonnenbrille war eine astreine Ray Ban-Kopie. Er hatte sie für viel Geld auf einem Flohmarkt gekauft. Leider hatte er erst später festgestellt, dass es sich nur um ein Imitat handelte. Aber sie passte ihm und schütze die Augen vor der Sonne. Außerdem gemahnte sie ihn stets daran, sich künftig von Straßenhändlern nichts mehr anzudrehen zu lassen.

„Meinen Sie das im Ernst?“, fragte er irritiert. Er nahm die Brille ab und steckte sie in die Brusttasche. Dann wurde ihm bewusst, was der Rotschopf ihm eben unterstellt hatte, und ein breites Grinsen stahl sich in sein Gesicht.

„Fragt sich, wer hier wem hinterherspioniert.“ Er wies hinter sich. „Ich wohne zufällig hier. Und was tun Sie hier?“

„Ich ...“ Sie lief rot an. Es hatte ihr offensichtlich die Sprache verschlagen.

„Sie wohnen im Schloss?“, ergriff stattdessen die Blonde das Wort.

„Ja“, brüstete sich Clemens. „Wenn Sie gestatten.“

„Oh das trifft sich aber gut“, sagte Madame Merci. Ich wollte nämlich gerade meine Karte hier abgeben und ein wenig Werbung machen.“

„Und wofür? Für schlechtes Benehmen?“

Sie schluckte die Beleidigung und reichte ihm eine Geschäftskarte. Die Karte hatte er bereits auf dem Polizeirevier gesehen, aber das band er ihr nicht auf die Nase. Dennoch warf er gnädig einen Blick darauf. Sie hieß gar nicht Merci, sondern Mercier. Egal, Merci klang besser. Madame Merci. Ein Name, zu dem das ungnädige Verhalten, das sie bisher an den Tag, gelegt hatte, allerdings nicht gut passte. Fast hätte er gelächelt – fast. Aber er verkniff es sich.

„Ich führe ein Café", erklärte Frau Ungnädig. „Meine Spezialität sind spezialangefertigte Torten und Cupcakes für alle Gelegenheiten."

„Ich glaube nicht, dass wir dafür Bedarf haben ..."

„Und Sie wohnen wirklich im Schloss?"

„Natürlich."

„Dann haben Sie doch sicherlich einen Schlüssel für das Portal, oder?"

Clemens fühlte sich ertappt. Was hatten die beiden mit dem Schlüssel zu schaffen? War das ein Test oder so was? Wussten sie, dass er sein Exemplar verloren hatte? Oder steckte Justus dahinter? Würde der gleich hinter einem der Bäume auftauchen und sich schieflachen?

„Das geht Sie nichts an", sagte er schließlich und hoffte, sich damit halbwegs aus der Affäre ziehen zu können. Bevor er die Sonnenbrille wieder aufsetzte, warf er heimliche Blicke nach rechts und links und sogar in das Blätterdach der Bäume, ob dort irgendwo versteckte Kameras lauerten.

„Fehlt Ihnen etwas?", fragte Madame Merci.

„Wie meinen Sie das?"

„Ihre Augen zucken so."

„Meine Augen gehen Sie gar nichts an!"

„Lass den Königspudel doch", sagte die Freundin verächtlich.

Königspudel? Spielte die Blonde etwa auf seine Frisur an?

Er nahm regelrecht Reißaus. Dabei hörte er noch, wie die Blonde ihm ein laut vernehmliches „Stalker!“ hinterherrief. Das war nun wirklich die Höhe, aber er hatte keine Lust, sich auf eine weitere Auseinandersetzung einzulassen.

Erst als er glaubte, außer Sichtweite zu sein, verlangsamte er seinen Schritt. Warum hatten die ihn so angegriffen? Er sollte ein Stalker sein? Das waren Menschen, die anderen Menschen auf die Nerven gingen. Mehr noch: Sie so lange belästigten, bis die Opfer psychische Schäden davontrugen.

Und warum war er regelrecht geflüchtet? Er wischte sich über die schweißnasse Stirn und blieb vor einem Schaufenster stehen. Es war mit Dessous dekoriert, aber das nahm er kaum wahr. Zunächst musste er sich beruhigen. Er kramte in seiner Tasche nach der Dose mit Schokopralinen. Er steckte sich eine in den Mund. Kaum zerging ihm der bittersüße Schmelz auf der Zunge zerging, fühlte er sich etwas besser.

Dann betrachtete er sein Spiegelbild in der Schaufensterscheibe. Ja, es war das alte Problem. Sein Problem. Er sah nicht schlecht aus. Gut, niemand hatte ihm in letzter Zeit Komplimente gemacht, und vielleicht hatte er auch im vergangenen Jahr zu viele Restaurants getestet, aber er fand sich noch immer ganz ansehnlich. Und doch: Immer dann, wenn ihm eine Frau über den Weg lief, die ihm halbwegs gefiel, geriet er in Panik. Oder er interpretierte alles falsch und stieß sie vor den Kopf.

„Kann es sein, dass du Angst davor hast, dich dauerhaft zu binden?“, hatte seine bislang letzte Freundin ihm vorgeworfen, bevor sie ihm die Tür gewiesen hatte.

Vielleicht hatte sie recht gehabt. Damals. Doch das war schon zwei Jahre her.

Er hob den Arm und schaute auf die Uhr. Er war spät dran, wenn er heute Mittag pünktlich bei Holtkötter aufschlagen wollte. Sein Leihwagen stand in einer Garage ein paar Straßen weiter.

Fünf Minuten später saß Clemens hinter dem Steuer und rieb sich die Hände. Jetzt konnte es endlich losgehen! Seit seinem Besuch bei der Polizei hatte er nicht viel erreicht.

Er lenkte den Audi aus Detmold hinaus und fuhr zeitraubend über Land, bis er schließlich die A2 erreichte. Am Kreuz Bielefeld-Ost fädelte er sich in den Verkehr Richtung Herford/Bad Salzuflen ein. Hier irgendwo war der Laster mitsamt dem Fahrer und der Küche spurlos verschwunden. Nein, das stimmte nicht ganz. Laut den Akten, die der Versicherung vorlagen, war er zuletzt an der Raststätte Lipperland gesehen worden.

Plötzlich fielen ihm die Motorräder auf. Eigentlich waren sie schon vor der Autobahnauffahrt hinter ihm gefahren.

Er verlangsamte die Geschwindigkeit ein wenig, aber sie überholten nicht, sondern hielten den Abstand gleichbleibend ein. Er betrug einige hundert Meter, sodass er im Rückspiegel kaum Einzelheiten erkennen konnte.

Dann tauchte bereits die Raststätte vor ihm auf. Die Raststätte war erst vor wenigen Monaten eröffnet worden. Sie war ein wahres Monstrum. Auf der grünen Wiese hatte man aus dem Nichts über hundert Lkw-Stellplätze aus dem Boden gestampft. Am heutigen Samstag waren sie alle belegt.

Clemens lenkte den Audi über die kurvige Ausfahrt, fuhr bis zum Restaurant, parkte davor und stieg die Stufen hinauf. Bevor er eintrat, warf er einen Blick zurück. Von den Motorradfahrern war nichts mehr zu sehen. Wahrscheinlich waren sie weitergefahren.

Clemens zog sich ein Mineralwasser, suchte sich einen Platz und ließ unauffällig den Blick durch das Restarant schweifen. Doch nach einer Weile wurde ihm das langweilig.

Er ging hinaus und spazierte zu den Parkplätzen. Hier irgendwo hatte Schlür also seinen Lkw geparkt gehabt. Dafür gab es zwei Zeugen. Einen anderen Lkw-Fahrer und einen Studenten, der als Aushilfskraft im Restaurant beschäftigt war. Beide konnten sich an den Laster erinnern. Leider hatte die Polizei die Namen der Zeugen nicht herausgerückt.

Also spazierte Clemens auf gut Glück umher. Wahrscheinlich würde er hier nicht viel herausfinden. Aber er wollte sich ein eigenes Bild von der Raststätte machen.

Trotz ihrer Größe war sie recht übersichtlich. Eigentlich konnte man hier nicht so einfach spurlos verschwinden. War Schlür überhaupt von hier verschwunden? Dafür fehlte der Beweis. Vielleicht war er ja weitergefahren. Aber wohin?

„Halt, du Molch! Amateure haben hier keinen Zutritt!"

Molch? Amateur? Unmöglich konnte er gemeint sein. Oder etwa doch?

Langsam drehte er sich um. Von ihm unbemerkt, hatten sich hinterrücks zwei menschliche Kleiderschränke an ihn herangeschlichen. Na ja, der eine war eher eine Wäschekommode; breit, aber gestaucht. Er hatte das Gesicht einer pausbackigen Ratte. Der andere war fast ebenso breit wie sein Kumpan, aber hochgewachsen. Sein Gesicht ähnelte dem eines hohlwangigen Froschs. Beide trugen Feinripp-Unterhemden und Stretchleggings.

„Ich wollte sowieso gerade wieder gehen", versicherte Clemens. Doch von der anderen Seite kamen nun ebenfalls drei Burschen heran. Clemens fand sich eingekeilt zwischen den bulligen Typen und zwei Trucks. Lkws.

„Was haste hier rumzuschnüffeln?", knurrte Rattengesicht. „Wir gucken dir schon eine ganze Weile zu."

Was sollte er da schon antworten? Also legte er die Karten offen auf den Tisch.

„Ich bin hier, um mich nach dem verschwundenen Lkw-Fahrer umzusehen."

„Meinste etwa, der taucht hier plötzlich wieder auf?", sagte Froschgesicht. Das klang nicht sehr nach kollegialer Anteilnahme unter Kraftfahrern. Mittlerweile waren die

Kerle so nah herangekommen, dass sie ihn umstellt hatten. Er roch redlich erarbeiteten Fernfahrerschweiß.

„Das nicht", sagte Clemens vorsichtig. „Aber nur mal angenommen, ihm ist was zugestoßen. Dann wäre es doch gut, wenn man die Entführer schnell erwischt."

„Biste von den Bullen?"

„Nein, ich bin privat unterwegs."

„Die Bullen glauben nämlich nicht, dass Schlürschluck entführt wurde. Die glauben, dass er sich den Laster selbst unter den Nagel gerissen hat."

„Ich glaube, wie gesagt, etwas anderes", bekräftigte Clemens. Er spürte, wie die Männer sich entspannten. Als Erster trat Rattengesicht vor und hielt ihm die Hand hin. „Matze", stellte er sich vor. Er wies auf Froschgesicht. „Das ist Wolle."

„Hi", sagte Wolle.

„Hi", gab Clemens zurück. Er griff in die Innentasche seines Sakkos und hoffte, die anderen würden die Geste nicht missverstehen. Aber schließlich war das kein Krimi. Er fischte die Pralinendose hervor und nahm ein Stück. Dann bot er den anderen an, sich zu bedienen. Das Eis war gebrochen.

Die drei übrigen stellten sich als Klauer, Bombe und Magic vor. Bombe war am längsten dabei: „Ich mach jetzt zehn Jahre Sattelzuch, aber so was hab ich noch nich erlebt. Dass einer einfach so vonna Bildfläche verschwindet."

„Ich hab ma gehört, dass es so was auch mit Schiffen gibt. Im Meer. Im Bermudadreieck", steuerte Klauer bei. „Vielleicht iss hier im Bielefelder Dreieck ja auch sone Art Strömung wie da."

„Bei dir piepts!", stoppte ihn Matze. Obwohl er der Kürzeste war, gab er den Ton an.

„Was wird denn sonst so erzählt?", forschte Clemens vorsichtig.

„Komm, ich geb dir'n Kaffee aus. En echten Truckerkaffee, nich sonne Brühe wie in der Bude da vorn." Matze nickte den anderen zu. „Und ihr dreht hier weiter Patrouille, Jungs."

Er stiefelte voran und führte Clemens zu einem silberglänzenden Ungetüm namens MAN. Bei dem Gedanken, dass ein Kurzgewachsener wie Matze dieses Monster steuerte, juckte es Clemens selbst in den Fingern. Schließlich besaß er auch einen Lastwagenführerschein. Das war das einzig Positive, das er von seiner Grundwehrzeit mitgenommen hatte. Allerdings war das schon zu lange her, als dass er sich zugetraut hätte, selbst noch einmal auf den Kutschbock zu steigen.

Hinter dem Steuer nahm dann natürlich Matze Platz, Clemens musste mit dem Beifahrersitz vorlieb nehmen. Aber auch das war ein erhebendes Gefühl. Zudem schien Matze ein Sauberkeitsfanatiker zu sein. Man konnte sich direkt wohlfühlen hier ...

Dann verschwand Matze kurz nach hinten in die Schlafkabine und kehrte mit zwei Pötten Kaffee zurück. Er hatte nicht zu viel versprochen. Der Kaffee war so stark und bitter, dass Clemens befürchtete, jeden Moment einen Koffeinschock zu erleiden.

Unaufgefordert begann Matze zu erzählen: „Seitdem Schlürschluck verschwunden ist, leben wir alle in Angst. Das ging nicht mit rechten Dingen zu. Und die Polizei will nix wahrhaben. Also müssen wir uns selbst schützen."

„Gab es denn niemanden, der etwas bemerkt hat?"

„Nein, das is ja das Unheimliche. Wir haben abends noch zusammengesessen und 'nen Schlürschluck getrunken."

„Daher also Schlürs Spitzname ..."

„Ja, weißte, wassen Schlürschluck überhaupt iss?"

„Nicht genau", räumte Clemens ein.

„Ein Schlürschluck iss der letzte Schluck auf'n Weg, bevorste weiterfährst. Kalle nahm das allerdings nich so genau. Bei dem gab's zu jeder Tages- und Nachtzeit einen Schlürschluck. Hatte immer 'ne Flasche dabei." Er beugte sich nun ganz nah zu Clemens rüber und flüsterte: „Und seine letzte Flasche, die hab ich gefunden!“

„Nicht möglich!“, entfuhr es Clemens. „Und wo?“

„Im Gebüsch dort hinten, da wo das Dickicht beginnt.“

„Einfach aus Zufall darauf gestoßen?“

„Nein, wir haben natürlich alles abgesucht, und dann hab ich die Flasche gefunden. Ich schwör, dass das die Flasche war, aus der wir vorher den Schlürschluck getrunken haben. War nämlich noch halbvoll, und so was wirft keiner weg.“

„Haben Sie das der Polizei gesagt?“

„Aber klar. Das mit der Flasche hat sie interessiert, die haben die Stelle auch abgesucht, aber nix weiter gefunden. Also keine Kampfspuren oder so. Und für den Schlüssel ham sie sich gar nich interessiert ...“

„Was für ein Schlüssel?“

„Na so’n großer, verschnörkelter. Der lag neben der Flasche.“

Das war heute schon das zweite Mal, dass sich die Rede um einen Schlüssel drehte. „Können Sie den Schlüssel beschreiben?“

Matze tat ihm den Gefallen. Die Beschreibung passte exakt auf den Schlüssel, den Clemens seit dem Morgen so verzweifelt suchte.

Holtkötters Restaurant „Zur Taube“ lag in Bad Salzuflen. Der Parkplatz war voll belegt, sodass Clemens erst ein paar Runden durch die Straßen kurven musste, ehe er begriff, dass es nirgendwo eine weitere Parkmöglichkeit gab. Seine Panik wuchs. Wenn er zu spät käme, hieße das womöglich, dass sein reservierter Platz vergeben war. Also stellte er den Wagen im Parkverbot ab. Das Knöllchen nahm er als „Genusszulage“ in Kauf.

Es war bereits fünf nach eins, als er die „Taube“ betrat. Das Ambiente gefiel ihm sofort. Es war modern, aber nicht futuristisch. Der ausgesuchte Geschmack des Betreibers setzte sich hier durch. Nur die Tauben wirkten aufdringlich. Anscheinend hatte Holtkötter ein Faible für die Viecher. Überall tauchten sie auf: Auf Zeichnungen, Gemälden, als billige Kalenderdrucke, auf Postkarten, als Skulpuren und billiger Nippes. Es hätte nur noch gefehlt, dass aus den Boxen das traditionelle Taubenzüchterlied „Oh du schöne blaue Taube“ erklang. Stattdessen wehte zeitgemäße Loungemusik durch den Gastraum.

Das Restaurant war voll. Clemens hielt noch Ausschau nach einem freien Tisch, da begrüßte ihn bereits eine Kellnerin und führte ihn zu seinem Platz. Er saß direkt neben dem Durchgang zur Herrentoilette. Aber heute war er nicht hier, um Punkte zu vergeben. Sondern privat. So leicht ließ er sich nicht den Appetit verderben. Er bestellte das Mittagsmenu: Löwenzahnsalat mit Kartoffel-Speck-Dressing und pochiertem Ei hörte sich schon mal vielversprechend an. Und genauso schmeckte es auch. Danach hatte er die Wahl zwischen geschmorten Kalbsbäckchen mit Kartoffelmousseline und sautierten Schalotten oder einer Dorade Royal mit Champagnerrisotto und Basilikumschaum. Sich zwischen beidem entscheiden zu müssen, war wirklich eine Folter. Am liebsten hätte er erst das eine und danach das andere probiert. Genau das tat er dann auch. Leider bot sein Magen hinterher für das Dessert des Tages nicht mehr genug Platz mehr.

„Darf ich Ihnen wenigstens noch eine Digestif bringen?“, erkundigte sich die Kellnerin.

„Nein danke, nur einen Espresso. Aber sagen Sie, ist der Meister in der Küche?“ Er hatte sich vorher erkundigt. Der Sternekoch wurde von seinen Jüngern und Bewunderern allgemein mit „Meister“ angeredet.

Sie lachte auf. Eine Spur zu abfällig, fand Clemens. „Harry ist meistens vor der Kamera. Zurzeit ist er in München.“

Das war wirklich bedauerlich. Er hatte gehofft, Holtkötter ein paar Fragen stellen zu können.

„Schade, ich hätte gern die Handschrift des Meisters persönlich gekostet.“

„Sie haben Glück. Harry steht morgen Abend persönlich in der Küche. Und soeben hat ein Zweiertisch abgesagt. Wenn Sie wollen ...“

Und ob er wollte! Das traumhafte Mittagsmenü war sozusagen das *Amuse geule*. Wie würde es erst schmecken, wenn Holtkötter persönlich zum Kochlöffel griff!

Noch ganz im Bann der erlebten Geschmacksexplosionen, schlenderte Clemens zum Parkplatz. Ach ja, er hatte den Wagen ja im Parkverbot abgestellt!

Der Audi stand noch am Fleck.

Es steckte auch kein Knöllchen hinter dem Scheibenwischer.

Das wäre auch nicht gegangen, denn die Frontscheibe war eingeschlagen worden. Ebenso alle anderen Scheiben. Außerdem war die Karosserie zerbeult.

So, als wären faustgroße Hagelkörner auf den Wagen niedergeprasselt.

Oder als hätte jemand mit einem Baseballschläger den Lack bearbeitet.

Die letzte Version entsprach wohl eher der Wahrheit.

Im selben Moment hörte Clemens die aufheulenden Motoren.

Er fuhr herum und sah am Ende der Gasse vier Motorräder. Einer der Fahrer zeigte ihm den Stinkefinger. Das konnte er selbst aus der Entfernung genau erkennen. Dann brausten sie röhrend davon.

Kapitel 7:
„Ein Aperitif macht niemals betrunken. Nur hungrig."

„Ich bleibe hier draußen. Sicher ist sicher!", sagte Imke. „Und wenn du in einer halben Stunde nicht wieder hier bist, stürme ich mit Lotte den Laden!"

„So schlimm wird es schon nicht werden", beschwichtigte Claudine. Noch saßen sie in Claudines Mini Cooper und schauten in Richtung Eingang. Obwohl die „Taube" erst in einer dreiviertel Stunde öffnen würde, war der Parkplatz bereits gut belegt und etliche Jünger hatten sich vor der geschlossenen Tür versammelt. Den Autokennzeichen nach kamen manche von weit her: Hannover, Köln, sogar ein Saarbrücker Kennzeichen war zu sehen. Holtkötters Ruf schien mit jedem Tag zu wachsen. Ob das wirklich an seiner Kochkunst lag oder eher an seinen populären Fernsehauftritten, konnte sie nicht beurteilen. Natürlich hatte sie schon ein paar Mal bei ihm gespeist, ihn aber persönlich nie zu Gesicht bekommen. Und jedes Mal war sie so aufgeregt gewesen, dass sie kaum etwas geschmeckt hatte.

Auch jetzt klopfte ihr Herz bis zum Anschlag. In wenigen Minuten würde sie ihrem Idol endlich gegenüberstehen. Ob sie überhaupt ein Wort herausbekam? Letztlich war es ganz einfach gewesen: Die Queen hatte den Termin für sie arrangiert.

Überhaupt: Ihre Großtante schien allmählich die Geduld zu verlieren. Sie hatte sogar gedroht, sich höchstpersönlich nach Bielefeld aufzumachen und nach dem Rechten zu sehen. Nur mit Mühe hatte Claudine sie davon abhalten können.

„Also, ich gehe jetzt", sagte sie noch einmal. Sie fasste sich, zählte in Gedanken eins-zwei-drei Cupcakes ab, um sich zu beruhigen, und stieg aus. Zur Feier des Tages trug sie ihr Lieblingsblümchenkleid: Mille-fleurs in Rosa und Blau. Dazu einen auffallenden breiten Weißlackgürtel, den sie ziemlich hoch trug, um ihren Brüsten Geltung zu verschaffen. Auch sonst hatte sie heute auf frauliche Tricks zurückgegriffen und die Schuhe mit den höchsten Absätzen aus dem Schrank geholt. Wenn schon, denn schon! Harry servierte ja auch keine Hausmannskost. Der hatte in der Küche auch jede Menge Kniffe drauf.

Außerdem hatte sie es endlich mal geschafft, zum Frisör zu gehen. Imke und die anderen hatten ihrer neuen Kurzhaarfrisur jedenfalls schon den Segen erteilt. Nur Tjorben hatte der früheren „Out of Bed“-Frisur nachgetrauert.

Apropos Tjorben: Sie war sich immer noch nicht sicher, ob er es gewesen war, der in der Nacht vor ihrem Haus gestanden hatte. Angeblich hatte er den langen Mantel gestern Morgen nur deshalb getragen, weil der Wetterbericht Regen vorhergesagt hatte und er doch im Waldkindergarten seine Praktikantenstelle antreten sollte. Er hatte sich übrigens um eine Woche vertan, was die Anstellung betraf.

So sehr er ihr auch in dem schwarzen Mantel einen Schreck versetzt hatte, so wenig konnte sie sich vorstellen, dass ausgerechnet Tjorben hinter den Anrufen steckte.

Ihre Gedanken konzentrierten sich wieder auf das Hier und jetzt. Nach den ersten Schritten Richtung Eingang spürte sie die Blicke der Wartenden. Besonders die der männlichen. Anscheinend hatte sie alles richtig gemacht. Hoffentlich sah Harry das ebenso und würde nicht nur Augen für das Blubbern in seinen Suppentöpfen haben.

Sie stakste durch die Menge, die ihr bereitwillig eine Gasse freimachte. Als sie jedoch auf die Klingel drückte, die sich rechts des Eingangs befand, wurde Unmut laut.

„Hinten ist das Ende der Schlange, nicht vorne!“

„Das ist doch unerhört!“

„Extrawürste gibt’s ein paar Straßen weiter!“

Sie ignorierte die Rufe. Die Kretins waren ja nur wegen des Essens hier. Sie aber war wegen Harry gekommen. Und es gab noch einen Unterschied: Sie hatte ein persönliches Rendezvous mit ihm. Na ja, ob Rendezvous oder nicht, das würde sich noch herausstellen. Aber zumindest eine Verabredung.

Die Tür wurde einen Spaltbreit geöffnet, und eine schwarzhaarige Frau spähte misstrauisch hindurch. „Wir öffnen erst um 18:00 Uhr!“, sagte sie abweisend. Bevor sie die Tür wieder schließen konnte, klärte Claudine sie rasch auf. „Ich habe einen Termin. Um halb sechs. Mit Harr... Herrn Holtkötter.“

„Ach, sie sind das!“, sagte die Frau und öffnete die Tür so weit, dass Claudine eintreten konnte. „Kommen Sie mit. Ich glaube allerdings nicht, dass er viel Zeit für Sie erübrigen kann. Wir öffnen ja gleich!“

Die Frau ging voran, während Claudine einen Stich der Eifersucht verspürte. Die Frau sah trotz ihres mittleren Alters ziemlich gut aus. Der Iris-Berben-Typ. Also genau das Gegenteil von Claudine selbst. Und sie schien mit Harry ja auf einer recht persönlichen Ebene zu kommunizieren, so wie sie tat.

Claudine hatte geglaubt, die Frau führe sie in einen separaten Raum, doch es ging direkt in die Küche. Ein Dutzend Leute mit allen möglichen Arten von Kopfbedeckungen liefen hektisch herum. Kommandos und ungeduldige Rufe schallten durch den gekachelten Raum. Inmitten des Tumults stand aufragend Harry Holtkötter.

Für einen Moment verblasste die schnöde Welt um Claudine herum. Sie hatte nur noch Augen für ihn. Da stand er. In schwarzem Kochanzug, und wie im Fernsehen trug er sein verwegenes Kopftuch mit den Totenschädeln. Er präsentierte die perfekte Mischung aus Freibeuter und Traumschiffkapitän. Johnny Depp meets George Clooney. Sie schmolz regelrecht dahin. Und wie ein Musikdirektor schien er das Küchenorchester zu dirigieren. Er war ein Karajan der Küche, jawohl!

Sein Blick verirrte sich zu ihr. Mit raschen Schritten kam er heran. Claudine setzte ihr strahlendstes Lächeln auf.

Doch er ließ sie links stehen und wandte sich stattdessen an den Iris-Berben-Verschnitt: „Was soll das? Ich habe dir schon tausendmal gesagt, die Stubenmädchen nicht in die Küche zu lassen."

„Stubenmädchen?", entfuhr es Claudine. Ihr Lächeln entgleiste.

Zum ersten Mal sah er sie direkt an. „Oder wer auch immer Sie sind. Ich dachte, Sie bewerben sich auf die ausgeschriebene Stelle für die Küchenhilfe."

„Das ist Frau Mercier", erklärte nun ihre Begleiterin. „Sie hat einen Termin mit dir?"

„Wer hat den ausgemacht?"

„Na, ich mit dir. Also, was ist?"

Wieder fühlte sie seinen Blick. Diesmal schon etwas abtastender. So in der Art: Mal sehen, was ich mit dir anfangen kann ...

„Geht es um die vermaledeite Küche?", fragte Holtkötter. Sein Tonfall klang noch immer gereizt.

Claudine nickte tapfer.

„Also schön", sagte Holtkötter gnädig. „Aber nur zehn Minuten."

Die Frau verschwand, während Holtkötter Claudine in eine etwas stillere Ecke der Küche führte. Dennoch entging Claudine nicht, dass er auch von dort jederzeit seine Mannschaft überwachte.

„Also, was ist nun, Schätzchen, ist die Küche wieder aufgetaucht?"

Schätzchen? Sollte sie sich jetzt geschmeichelt fühlen? Andererseits klang es doch irgendwie – herablassend.

„Nein, das ist sie bisher nicht", antwortete sie trotzig. „Ich bin beauftragt, mich um den Fall zu kümmern. Meine Großtante ..."

Er brach in schallendes Gelächter aus. Er lachte – *über sie!* Dennoch ließ sie ihn gewähren. Sie wartete, bis er sich beruhigte hatte, und präzisierte ihre Mission.

„Potzdautz!“, entfuhr es ihm. „Dann gehört irgendwann der ganze Laden Ihnen?“

Wie war das „Potzdautz“ jetzt wieder zu deuten? Nahm er sie immer noch nicht ernst?

„Ganz so ist es nicht“, erwiderte sie kühl. Die Verwandtschafts- und Erbschaftsverhältnisse waren etwas kompliziert, aber das musste sie ihm nicht auf die Nase binden. „Aber ich habe natürlich größtes Interesse daran, Ihre Küche wiederzubeschaffen, Herr Holtkötter“

„Das will ich hoffen“, sagte er schroff. „Es war geplant, dass wir in einer Woche mit meiner neuen Show auf Sendung gehen. Hier im Haus! Die gesamte Technik ist bereits installiert. Alles, was noch fehlt, ist diese Küche!“

„Wie gesagt, wir tun unser Möglichstes ...“

„Unser Möglichstes – wenn ich das schon höre!“ Er blickte sie auf eine Art an, dass sie sich wie ein kleines Eichhörnchen vorkam. „Glaubst du denn, Harry Holtkötter hätte dieses Imperium geschaffen, wenn er nur ‚sein Möglichstes‘ gegeben hätte? Nein, man muss mehr geben als nur das Mögliche, wenn man mehr erreichen will als nur das Übliche. Man muss über sich hinauswachsen! Nur dann schafft man es! Und bei dir sehe ich schwarz.“ Er betrachtete sie missbilligend. „Tut mir leid, Mäuschen, aber bei dir sehe ich auf den ersten Blick, dass du’s nicht raffst. Halt dich lieber da raus, wenn ich dir einen guten Rat geben darf.“

Dass er sie die ganze Zeit duzte, gefiel Claudine nicht. Dabei hätte es ihr gefallen. Sehr sogar – unter anderen Umständen. Irgendwie hatte sie sich das Treffen mit ihrem Idol anders vorgestellt.

„Wetten, dass ich Ihre blöde Küche wiederfinde?“, sagte sie erbost. Sie war es leid, sich von ihm abfertigen zu lassen wie ein albernes Gör. Oder wie eines seiner Stubenmädchen.

„Wetten können wir gern“, grinste er. Diesmal kam ihr das Grinsen regelrecht schmierig vor. „Ich habe auch schon eine Vorstellung von deinem Einsatz.“ Er ließ den Blick anzüglich auf ihren Brüsten ruhen. Automatisch verschränkte sie die Arme vor dem Busen. Die einzige Reaktion darauf war, dass er noch breiter grinste.

War das wirklich „ihr“ Harry? Seinetwegen hatte sie begonnen, sich für Cupcakes und die gehobene Küche zu interessieren! Seinetwegen hockte sie jedes Mal vor dem Fernseher, wenn seine Sendung lief. Seinetwegen war sie mit Herzklopfen hierhergefahren.

Wegen so eines Arschlochs!

Sie nahm das schlimme Wort sofort wieder zurück. Vielleicht hatte sie ihn ja nur auf dem falschen Fuß erwischt. Oder er hatte heute keinen guten Tag. Doch dann wurde sie eines Besseren belehrt – oder eher eines Schlechteren:

„Wenn die Küche nicht in einer Woche fix und fertig im Studio aufgestellt ist, wird euch das ganz schön teuer zu stehen kommen. Ich verlange Schadensersatz. Wenn du willst, kannst du gerne einen Vorschuss leisten.“

Er betatschte ihre Schulter. Instinktiv stieß sie seine Hand beiseite. Vielleicht ein wenig zu fest. Holtkötter schrie auf, als hätte er sich die Finger an der Herdplatte verbrannt.

„Du Luder!“, brüllte er und hob die Hand zum Schlag. Plötzlich war wieder das Berben-Double an seiner Seite. Sie erfasste die Situation sofort und stellte sich zwischen Claudine und den Koch.

„Beruhige dich, Harry, die Gäste kommen gleich ...“

Holtkötter funkelte Claudine wütend an. „Raus aus meinem Haus!“, blaffte er.

„Das erledige ich schon“, sagte die Frau. Sie nahm Claudine beim Arm und zog sie mit sich aus der Küche.

Claudine schwankte noch immer zwischen Enttäuschung, Kummer und Zorn. Überragt von Fassungslosigkeit. Wie hatte sie sie sich dermaßen täuschen lassen können? Der Sternekoch hatte innerhalb weniger Minuten die Maske fallen lassen und ihr seine wahre Fratze gezeigt.

Die Frau deutete in einen langen Korridor: „Gehen Sie besser hintenrum durch die Dienstbotentür. Dann sieht Sie niemand ..."

Claudine blickte an sich hinab. Ihr Kleid war an der Schulter zerrissen. Der Träger baumelte nur noch an wenigen Fäden.

Das wirst du mir büßen!, schwor sie erbittert. Sie hatte Mühe, die Tränen zurückzuhalten. Nein, die Genugtuung, sie weinen zu sehen, gönnte sie hier keinem. Sie musste es nur bis ins Auto schaffen. Sie presste die Lippen zusammen.

Ohne ein Abschiedswort öffnete sie die Tür nach draußen.

Sie schrie auf.

Ein großer Schatten flog ihr entgegen und brachte sie zu Fall.

Kapitel 8:
„Ein guter Aperitif schützt nicht vor schlechtem Essen. Aber er feit einen dagegen.“

Darauf hatte sich Clemens schon seit gestern Mittag gefreut. Endlich war es soweit: Er würde die vom Meister persönlich zubereiteten Speisen kosten dürfen! Und vielleicht würde er den Mann ja sogar persönlich zu packen kriegen. Für ein Autogramm auf die benutzte Serviette. Clemens besaß eine ganze Sammlung saucenfleckiger Mundtücher aus den besten Gourmettempeln des Landes.

Und wenn er ganz viel Glück hatte, würde er sogar mit dem Meisterkoch über dessen verschwundene Küche sprechen können. Bislang hatte er nicht viel herausgefunden. Einen ganzen Nachmittag hatte es beansprucht, die Sache mit dem demolierten Auto zu erledigen. Die Polizei hatte seine Aussage aufgenommen, Zeugen gab es komischerweise nicht, und schließlich hatte er sich um einen Leihwagen kümmern müssen. All das hatte Zeit gekostet.

Den heutigen Tag hatte er genutzt, um noch einmal die Strecke zwischen Bielefeld-Ost und Bad Salzuflen abzufahren. Er hatte an mehreren Stellen haltgemacht, war diversen Abfahrten gefolgt, hatte ein paar Personen befragt, aber war dadurch nicht einen Schritt weitergekommen.

Anschließend hatte er im Internet über Holtkötter recherchiert. Dabei hatte er paar Berichte und Andeutungen gefunden, die am Denkmal kratzten. Aber stets hatte Holtkötter sich gerichtlich mit Erfolg zur Wehr gesetzt. Clemens war auf Seiten des Kochs. Die Klatschpresse war wirklich übel. Und wer so erfolgreich war wie Holtkötter, der musste leider mit Neid und Anfeindungen rechnen.

Jetzt aber schob Clemens den Frust über die Misserfolge beiseite. Er war zehn Minuten früher gekommen. Dennoch erwischte er gerade noch den letzten freien Stellplatz. Er wunderte sich über die Menschentraube vor dem Restauranteingang. Dem Anschein nach handelte es sich um Gäste, die vor noch verschlossener Tür standen. Jetzt fiel Clemens ein, irgendwo gelesen zu haben, dass Holtkötter den Spleen pflegte, die Öffnungszeiten auf die Sekunde genau einzuhalten. Wahrscheinlich würde sich die Pforte zur heiligen Stätte erst um punkt achtzehn Uhr und keinen Lidschlag früher öffnen.

Anstatt sich ganz hinten anzustellen, konnte er genauso gut ein wenig ums Haus spazieren. Vielleicht gelang es ihm sogar, durch ein Fenster zu kiebitzen und dem Meister beim Kochen zuzusehen. Doch leider bestanden die Scheiben der Küchenfenster aus Milchglas. Clemens marschierte weiter und erreichte den Lieferanteneingang.

Er schaute auf die Uhr. In wenigen Minuten war es sechs Uhr. Die Pforte würde gleich geöffnet werden. Bis dahin könnte er gerade noch probieren, was von dieser Hintertür aus zu erspähen war. Oder vielleicht würde er köstliche Küchendämpfe atmen?

Vorausgesetzt, die Tür war unverschlossen.

Verstohlen drückte er die Klinke hinunter …

Im selben Moment wurde die Türe von innen aufgerissen. Vor Schreck kam Clemens aus dem Tritt und stürzte über die Schwelle. Ein erschreckter Schrei gellte auf. Clemens prallte gegen etwas Weiches, Nachgiebiges und riss es mit sich zu Boden. Als er die Schläge spürte, begriff er, dass es sich um eine Person handelte. Sie boxte blindwütig um sich. Ein Schlag traf seine Brille, die fortgeschleudert wurde.

Ohne Brille war er blind! Er tastete mit beiden Händen danach, während er wehrlos weitere Hiebe einstecken musste. Endlich bekam er das Gestell zu fassen. Gottseidank, die Gläser schienen heil geblieben zu sein. Während noch immer Hiebe auf ihn einprasselten, setzte er sich die Brille auf die Nase.

Danach sah er klar. Er umfasste ihre Handgelenke.

„Sie?“, entfuhr es ihm.

„Ja ich!“ Unter seinem Griff hielt sie endlich ihre Fäuste still. „Und es wundert mich gar nicht, dass ich Sie in diesem – in diesem ...“ Sie suchte luftschnappend nach dem richtigen Wort.

„Feinschmeckertempel?“ Clemens versuchte ihr auf die Sprünge zu helfen.

„Tempel kommt hin. Sündentempel, wenn Sie's genau wissen wollen. Und nehmen Sie gefälligst Ihre Pfoten weg von mir!“

„Na hören Sie mal! *Sie* haben *mich* verdroschen!“

Sie antwortete ihm auf Französisch. Es klang in seinen Ohren zwar mehr wie eine Beschimpfung, aber er wollte nicht zu streng sein. *In dubio pro reo,* sagte er sich. Als er ihre Arme losließ, rückte sie augenblicklich von ihm weg und rappelte sich auf. Auch Clemens erhob sich.

Erst jetzt fiel ihm auf, dass das Oberteil ihres Kleides mehr enthüllte als verdeckte.

„Was starren Sie mich so an?“

„Ihr ... Ihr ...“ Obwohl es sich für einen Gentleman nicht schickte, konnte er nicht anders. Er *musste* sie anblicken. Außerdem war er gar kein Gentleman.

„Sie sind genauso ein Schwein wie Harry Holtkötter! Sie stecken mit ihm unter einer Decke!“

„Was? Ich? Mit Holtkötter?“

Sie warf ihm einen Schwall weiterer französischer Sätze an den Kopf. Selbst mit viel Nachsicht hörte sich das nicht mehr jugendfrei an. Dann raffte sie das Kleideroberteil über der Brust zusammen und stürmte an ihm vorbei.

„Was haben Sie hier zu suchen.“

Er wandte sich zu der Sprecherin um und erblickte Iris Berben. Nein, es war doch nur ihr Double, wie er auf den zweiten Blick erkannte.

„Für mich ist ein Tisch reserviert“, sagte er mit fester Stimme.

„Dann müssen Sie sich vorne beim Eingang anstellen. Wir öffnen erst in ein paar Minuten." Als sie sein enttäuschtes Gesicht sah, hatte sie ein Einsehen. „Na gut, ist ja eh gleich so weit. Ich führe Sie zu Ihrem Tisch. Wie heißen Sie?"

„Moliere. Clemens Moliere."

Während sie voranging und ihn in den Speisesaal führte, fragte Clemens: „Gehört die Dame, mit der ich gerade zusammengestoßen bin, zum Haus?"

„Sie stellen vielleicht Fragen. Erstens geht Sie das nichts an, und zweitens war sie mit Herrn Holtkötter verabredet."

„Also arbeiten Herr Holtkötter und die Dame zusammen?"

Anstatt zu antworten, sagte sie: „Nehmen Sie einfach dort Platz."

Sie zeigte auf den Katzentisch neben der Herrentoilette. Den Platz schien er abonniert zu haben. Aber er fügte sich. Wahrscheinlich konnte er froh sein, überhaupt heute Abend hier sein zu dürfen. Er hatte gehört, dass man auch schon mal ein paar Monate warten musste. Oder so lange, bis man schwarz wurde. Neider und Leuten, die er nicht leiden konnte, erteilte Holtkötter kurzerhand Hausverbot. Und unliebsame Gäste setzte er auch schon mal eigenhändig vor die Tür. Er war als *Enfant terrible* verschrien. Seiner Popularität allerdings tat das keinen Abbruch. Man hasste oder liebte ihn. Die meisten liebten ihn.

Clemens hatte keinen Blick für die hereinstürmenden Gäste. Er studierte die Karte. Endlich kein Menü! Endlich konnte er aus dem Vollen schöpfen! Und endlich stand der Meister persönlich am Herd!

Eine Servicekraft – es war dieselbe wie vor zwei Tagen – fragte nach seinen Getränkewünschen. Er bestellte eine Flasche stilles Wasser und einen Aperitif.

„Sagen Sie bitte, wer ist die Dame, die eine verteufelte Ähnlichkeit mit einer Filmschauspielerin hat?"

Das Mädchen lachte. „Sie meinen Iris! Eigentlich heißt sie Gertrud. Gertrud Obermeier, aber weil sie der Na-Sie-wissen-schon so ähnlich sieht, nennen wir sie alle Iris.“

„Sie ist bestimmt schon lange hier, oder?“

„Weil sie so tut, als sei sie die Chefin? Nee, die ist ...“

In dem Moment schaute sie starr an Clemens vorbei und stoppte mitten im Satz. „Ich muss dann mal weiter ...“

Als sie verschwunden war, schaute er sich unauffällig um. Iris-Gertrud stand mitten im Saal und schaute zu ihm herüber. Clemens fühlte sich ertappt und vertiefte sich wieder in die Speisekarte. Aber irgendwie war seine Vorfreude auf das Essen plötzlich geschmälert. Statt hier zu sitzen, sollte er lieber mehr über die Rothaarige herausfinden, denn irgendwie schien sie in die Angelegenheit mit dem gestohlenen Lkw verwickelt zu sein. Und Holtkötters Verhältnis zu Iris-Gertrud zu klären wäre ebenfalls von Interesse. Falls sie überhaupt ein Verhältnis miteinander hatten. Jedenfalls war die Betriebsatmosphäre in der „Taube“ nicht die beste. Das sagte ihm sein Gespür als Mensch und Restauranttester. Es gab Restaurants, da fühlte man bereits beim Eintreten die positive Aura. Das hatte nichts mit betont guter Laune oder gar aufgesetzter Fröhlichkeit zu tun. Im Gegenteil: Man spürte, dass beim Chefkoch angefangen jeder Angestellte mit Leib und Seele, mit Herz und Verstand bei der Sache war. In einer guten Atmosphäre und mit gegenseitiger Achtung gelang eben alles besser.

In der „Taube“ befand sich irgendetwas in Schräglage. Was genau, das konnte Clemens noch nicht sagen. Aber er wusste jetzt schon, dass das beste Essen ihn darüber nicht hinwegtrösten würde.

Als Vorspeise bestellte er den Spinatsalat mit Pinienkernvinaigrette. Das hörte sich im Vergleich mit dem Carpaccio von der Jakobsmuschel mit Sommertrüffeln und Sellerie eher unspektakulär an. Dennoch, gerade bei den relativ einfachen Gerichten zeigte sich die wahre Meisterschaft. Holtkötter war dafür bekannt, einfache Küche in etwas Spektakuläres zu verwandeln. Als das Eingangsgericht aufgetragen wurde und er die ersten Bissen genommen hatte, schmolz Clemens regelrecht dahin. Der junge Spinat war frisch vom Markt, der Parmesan genau in der richtigen Dicke gehobelt. Das Grillgemüse war knackig und frisch. Ein herausragendes Geschmackserlebnis aber war die Vinaigrette aus altem Balsamico, Oliven-, Walnuss- und Traubenöl, die weder zu sauer noch zu süß war, sondern exakt auf den Punkt. Clemens ertappte sich dabei, wie er die letzten Pfützchen mit dem Brot auftunkte. Eine Unsitte, die er sonst vermied.

Als Hauptspeise wählte er das pochierte Kalbsfilet mit Champagerrisotto. Es erwies sich als ein Traum! Das Fleisch zerging auf der Zunge. Das Risotto besaß den perfekten Garpunkt und war herrlich schlotzig. Danach konnte Clemens sich eine Steigerung eigentlich nicht mehr vorstellen.

Dennoch, es kam auf den Versuch an! Sein Mut wurde belohnt, durch ein sündhaft leckeres Rhabarber-Erdbeer-Törtchen mit Vanilleis. Wiederum bewunderte er Holtkötter. Das, was sich so simpel anhörte, geriet unter seinen Händen zur höchsten kulinarischen Kunst. Als er auch das letzte Haselnuss-Streuselchen vom Teller gepickt hatte, lehnte sich Clemens zufrieden zurück, faltete die Hände über der kleinen Bauchwölbung und schloss die Augen.

Ja, er war glücklich, und diesen Moment wollte und konnte er genießen. Er schloss die Umgebung völlig aus, weder die Stimmen der Gäste noch das Klappern des Bestecks und des Geschirrs erreichten mehr sein Ohr. Er schwebte auf einer rosaroten Wolke dahin.

„Hat es Ihnen geschmeckt? Darf ich Ihnen noch einen Digestif servieren?“

Vor ihm stand Iris Gertrud Berben. Oder die Frau, die sich zwar so benahm wie die Chefin, dies aber laut Aussage der Serviererin gar nicht war.

„Es war ein Gedicht, eine Ode an die Kochkunst. Ich bin höchst zufrieden, bitte sagen Sie das dem Meister."

Ihre Lippen verzogen sich zu einem schmalen Lächeln. „Wie wäre es, wenn Sie es ihm selbst sagten?"

„Ich?" Jetzt war er völlig baff.

„Glauben Sie nicht, wir hätten Sie nicht schon bei Ihrem ersten Besuch erkannt, Herr – Moliere?"

Er sank auf seinem Stuhl zusammen. Wenn er das gewusst hätte, hätte er sich die ganze Geheimniskrämerei auch sparen können. Aber woher wusste Holtkötter, dass er Versicherungsdetektiv war?

„Was ich mich schon immer gefragt habe: Ist der Name, unter dem Sie schreiben, eigentlich ein Pseudonym?"

„Schreiben? Pseudonym?" Plötzlich fiel bei Clemens der Groschen. Natürlich! Holtkötter hatte nicht den Versicherungsdetektiv entlarvt, sondern nur den bekannten Restaurantkritiker erkannt.

„Na, Ihr Nachname. Moliere", verdeutlichte die schöne Dame.

„‚Alle Untugenden, die gerade modern sind, gelten als Tugenden'", zitierte er seinen berühmten Namensvetter. „Will sagen: Unter meinen Kollegen ist es im Moment schick, unter falschem Namen zu operieren. Ich hingegen kämpfe mit offenem Visier."

„Das gefällt mir", sagte sie. „Und Herrn Holtkötter auch. Sie verschwand, und im selben Augenblick brandete stürmischer Applaus auf. Der Meister hatte den Speisesaal betreten. Wie ein Stardirigent verbeugte er sich vor seinem begeisterten Publikum. Auch Clemens geizte nicht mit Applaus.

Holtkötter hielt eine kurze Dankesrede an seine Fans, danach setzte er sich zu Clemens an den Tisch. „Gertrud hat mir erzählt, wer Sie sind", begann er. „Es ist mir eine Ehre, dass ich Sie bekochen durfte."

Das klang eine Spur zu aufgesetzt, aber Clemens nahm den Tonfall auf. „Ich bitte Sie, vielmehr bin ich Ihnen die

Verehrung schuldig. Selten habe ich einen solch traumhaften Nachtisch genossen."

„Ja, die Pâtisserie ist meine Leidenschaft. Nur der ist ein wahrer Meister, der die Konditorkunst beherrscht."

„Das habe ich gespürt. Selbst noch im allerkleinsten Krümel."

„Und? Für wen schreiben Sie diesmal?", fragte Holtkötter unverblümt.

Clemens wand sich. Er hatte ein Problem damit zu lügen. Etwas zu verschweigen war etwas anderes, aber nun, da Holtkötter so unverblümt fragte, konnte er kaum mehr den Gourmetkritiker im Dienst spielen.

„Ich bin heute Abend privat hier."

„Privat? Ich dachte, Ihr Kritiker seit allesamt Schmarotzer?"

Oha, Holtkötter zeigte aber sehr schnell sein wahres Gesicht. Überhaupt schien er etwas angespannt zu sein. Entweder konnte er Kritiker nicht leiden, oder er hatte ein anderes Problem. Clemens vermutete beides.

„Nein, da haben Sie ein falsches Bild von uns. Wir zahlen für jedes Gericht selbst. Und glauben Sie mir, unterm Strich verdienen wir kaum etwas mit unserer Tätigkeit. Wir sind eben Enthusiasten im Dienste der Gourmets."

„Mir kommen die Tränen. Na ja, jedenfalls freut es mich, dass es Ihnen geschmeckt hat. Beehren Sie uns doch bald mal wieder." Holtkötter war im Begriff aufzustehen.

„Wer war eigentlich die Frau mit dem zerrissenen Blümchenkleid vorhin?" Clemens war sicher, dass Holtkötter Bescheid wusste. Gertrud hatte es ihm bestimmt längst gesteckt, dass Clemens mit dem Rotschopf zusammengestoßen war.

Holtkötter setzte sich wieder. „Was haben Sie mit dem Flittchen zu schaffen?"

„Dasselbe habe ich gerade Sie gefragt. Ich stelle mir gerade einen entsprechenden Artikel vor ..."

„Sie Schweinehund! Wollen Sie mich etwa erpressen?“

„Sind Sie denn ein lohnendes Opfer? Haben Sie genug Geld?“ Clemens war entschlossen, die Karten auf den Tisch zu legen. Holtkötter war ohnehin schon in Rage. Er musste ihn nur noch etwas mehr provozieren. Die Leute an den Nachbartischen schauten bereits herüber und tuschelten. Clemens fuhr fort: „Man munkelt, dass Sie sich mit der ‚Taube‘ überschuldet haben.“ Er schaute sich anerkennend um. „So einen Betrieb muss man schließlich erst mal aufrechterhalten.“

„Was wollen Sie?“, presste Holtkötter hervor.

„Das alles kostet Geld. Klar, als Fernsehkoch dürften Sie eine ganze Menge Schotter machen, aber da sind ja noch Ihre ganzen Ex-Frauen und Ex-Freundinnen. Und die gemeinsamen Kinder. Ihr Lebenslauf liest sich in dieser Hinsicht wie eine Harems-Oper. Wie viele Kinder haben Sie? Ich habe gelesen ...“

„Raus!“, knurrte Holtkötter voll unterdrückter Wut.

„Und dann ist da die Sache mit der verschwundenen Küche. Man munkelt, dass Sie mit jedem Tag, an dem sie verschwunden bleibt, ein hübsches Sümmchen einstreichen.“

Clemens sah die Faust rechtzeitig auf sich zukommen und zuckte zurück. Aber Holtkötter setzte nach. Wie ein wilder Stier stürzte er sich auf ihn. Clemens versuchte sich zu schützen, so gut er konnte. Straßenkämpfe, auch wenn sie in einem Sternerestaurant stattfanden, gehörten nicht zu seinen Grundübungen. Er wehrte die übelsten Schläge ab, schlug aber nicht zurück. Irgendwann würde Holtkötter schon die Luft ausgehen.

Welch ein Irrtum. Hier hatte offenbar eine Dampfmaschine viel zu lange unter Druck gestanden. Holtkötter war offenbar schon längst kurz vorm Explodieren gewesen.

Und jetzt entlud sich der ganze Druck gegen den unbotmäßigen Restaurantkritiker. Wieder flog die Brille von der Nase. Jetzt sah es für Clemens überhaupt nicht mehr gut aus. Er schützte den Kopf, so gut er konnte, aber Holtkötter schlug ungebremst und wie von Sinnen auf ihn ein.

Endlich erbarmten sich ein paar Gäste, ihm beizustehen. Auch einige Kellner leisteten Hilfe. Einige hielten den immer noch tobenden Holtkötter fest. Die anderen halfen Clemens auf die Beine.

„Werft ihn raus!“, schrie Holtkötter. „Er hat meine Ehre beleidigt.“ Ein paar Dummköpfe klatschten.

„Kommen Sie“, flüsterte ihm ein Kellner zu. „Wir bringen Sie außer Schussweite. Sollen wir einen Krankenwagen rufen?“

Auf zwei starke Schultern gestützt, schüttelte Clemens den Kopf.

„Oder wenigstens ein Taxi?“

„Nein danke, lassen Sie nur ...“

Als sie draußen angelangt waren, sah er, dass er doch ein Taxi brauchte.

Irgendein Idiot hatte ihm die Reifen zerstochen.

Wenigstens waren die Scheiben und die Karosserie heilgeblieben.

Hinter dem Wischblatt steckte ein Fetzen Papier.

LETZTE WARNUNG, hatte jemand mit ungelenker Krakelschrift daraufgeschmiert.

Kapitel 9:
„Der perfekte Aperitif verlängert die Vorfreude auf das Essen. Ein schlechter würgt sie ab.“

„Soll ich nicht doch bleiben? Wirklich nicht? Lotte ist die beste Wachhündin, die es gibt!“

„Du hast schon so viel für mich getan.“ Claudine sah Imke dankbar an. „Du und Lotte. Das vergesse ich euch nicht. Aber heute Abend muss ich einfach allein sein. Wenn was passiert, rufe ich sofort an.“

Imke nickte. Claudine umarmte ihre beste Freundin, gab Lotte ein selbstgebackenes Leckerchen mit auf den Weg und schloss hinter den beiden Ladys, zwei- und vierbeinig, die Wohnungstür ab.

Aufatmend lehnte sie sich mit dem Rücken gegen en Türrahmen. Diesen Tag musste sie erst mal verarbeiten! Und das konnte sie am besten, wenn sie mit sich allein war. Mit sich allein in der Badewanne, umschmeichelt von nach Lavendel duftenden Schaumwolken.

Aber bevor sie das Wasser einließ, stellte sie den Fernseher an. Zwar wollte sie ihre Ruhe haben, aber die Lautlosigkeit um sie herum war ihr plötzlich unangenehm. Es war ihr egal, welcher Sender lief, Hauptsache die Stimmen vertrieben die Stille.

Und noch etwas musste sie unbedingt tun. Sie huschte zum Fenster. Noch war es hell genug. Der Siegfriedplatz war noch belebt. Sie sah Imke mit Lotte an der Leine über den Platz spazieren und schließlich im Haus gegenüber verschwinden.

Claudine hielt jedoch nach jemand anderem Ausschau. Nach dem Mann im schwarzen, knöchellangen Kapuzenmantel. Sie glaubte sie immer weniger, dass es sich um Tjorben gehandelt hatte.

Sie hatte begonnen, sich hier in Bielefeld heimisch zu fühlen. Die Gegend, der Markt, die Leute, all das hatte sie sogar ein wenig an ihre alte Heimat erinnert. Jetzt spürte sie nur noch Angst. Angst, dass der Anrufer sie wieder belästigen würde. Seit dem Vorfall hatte jedes Klingeln des Telefons sie zusammenzucken lassen. Dabei waren es nur immer ihre Freundinnen gewesen, die sich mit rührender Hingabe um sie sorgten.

Meike, Jade, Annaliesa, Imke ... sie würde sie alle vermissen, wenn sie hier ihre Zelte wieder abbrach. Vor allem Imke. Und natürlich Lotte. Selbst Tjorben würde sie vermissen.

Sie seufzte, wandte sich um und ging ins Bad, um Wasser einzulassen. Von dem sündhaft teuren Lavendel-Schaumbad schüttete sie zwei Verschlusskappen dazu, obwohl eine ausgereicht hätte. Aber heute wollte sie sich etwas gönnen. Sie hatte es sich verdient. Allein, wenn sie an Harry Holtkötter dachte, wäre sie am liebsten in Tränen ausgebrochen.

Sie zog sich aus, lief noch einmal splitterfasernackt zurück in die Küche, um aus dem Kühlschrank eine Champagnerflasche zu holen. Eigentlich hatte sie den Veuve Clicquot für einen schöneren Anlass aufheben wollen. Zum Beispiel für ihren Geburtstag. Jetzt diente er dazu, auf einen Todesfall anzustoßen. Jawohl, auf den Tod Harry Holtkötters – des Harry Holtkötters aus ihren naiv-romantischen Träumen. Dieser Harry Holtkötter war heute vor ihren Augen umgebracht worden. Obwohl ... einen Stich im Herzen und ein Magengrummeln verspürte sie noch immer, wenn sie an den Verlust dachte, den der Tod ihres Traumprinzen für sie bedeutete.

Während sie in die Wanne stieg, prostete sie sich zu. „Der Traumprinz ist tot – es lebe der Traum!“ Das war zwar improvisiert, aber es klang irgendwie sinnreich. Und optimistisch. Dennoch: die Teelichter, die ringsum im Badezimmer verteilt waren, sollten eigentlich eine gemütliche Atmosphäre schaffen. Jetzt erinnerten sie Claudine an ein echtes Begräbnis.

Sie versuchte, ihre Gedanken in andere, angenehmere, Bahnen zu lenken, aber es misslang. Denn nun dachte sie an den anderen Kerl, an den schrecklichen Chauvi, der ständig ihren Weg kreuzte und mit dem sie zuletzt am Bediensteteneingang der ‚Taube' zusammengestoßen war. Was hatte der Chauvi mit der ganzen Sache zu tun? Jetzt, wo sie wusste, was für ein fieser Typ Harry Holtkötter in Wirklichkeit war, traute sie ihm alles zu. Vielleicht hatte er die Küche selbst geklaut, um möglichst viel herauszuschlagen. Und der andere war sein Komplize. An der Sache war nur ein Haken: der Chauvi sah absolut nicht aus wie ein Spitzbube. Er war groß, vielleicht ein bisschen zu füllig, und mit den blauen Augen, die hinter der Brille größer wirkten, als sie in Wirklichkeit waren, konnte er geradezu treuherzig dreinblicken. Wahrscheinlich alles Fassade. Und Imke hatte recht: Er hatte tatsächlich etwas von einem Königspudel.

Unwillkürlich verglich sie den Fremden mit Harry Holtkötter. Der wirkte zwar männlicher, aber wie brutal er sein konnte, hatte er ja unter Beweis gestellt. Dann doch lieber einen Königspudel. Zum Glück musste sie sich nicht zwischen Brutalo und Pudel entscheiden. Es gab ja noch andere Männer. Viele andere Männer.

Es lebe der Traum!

Sie stellte fest, dass die Flasche bereits halb geleert war. Es lohnte nicht, den Rest zu verwahren. Also gönnte sie sich ein drittes Glas. Vorher ließ sie noch etwas warmes Wasser zulaufen.

In die „Taube" würde sie niemals wieder einen Fuß setzen. Aber den anderen Kerl würde sie genauer unter die Lupe nehmen. Schließlich wusste sie, wo er wohnte.

Sie stellte das Champagnerglas auf den Wannenrand, lehnte sich zurück, und überließ sich ganz dem behaglichen Schwebezustand, in dem sie sich befand. Ihre Zehenspitzen spielten neckisch mit den Schaumkronen.

Dann versank sie in einen Tagtraum. Ihr Café florierte wie nie zuvor. Sie stand am Ofen und buk pausenlos Cupcakes, die, kaum dass sie fertig waren, wie von Geisterhand zu den Tischen schwebten.

Als sie die Augen aufschlug, merkte sie, dass der Tagtraum in einen wirklichen Traum übergegangen war. Sie hatte geschlafen!

Und war von einem Geräusch geweckt worden.

Ihr Handy? Jedenfalls war es jetzt verstummt.

Da hörte sie plötzlich Stimmen. Im ersten Moment schlug ihr wieder das Herz ungestüm in der Brust. Dann begriff sie, dass die Stimmen aus dem Fernseher kamen. Sie hatte ihn angelassen, bevor sie ins Bad stieg.

Dennoch, ihre gute Stimmung war verflogen. Der Schatten der latenten Bedrohung war wieder zu spüren.

Sie kletterte aus der Wanne und trocknete sich ab.

Da schrillte das Telefon. Diesmal war es nicht ihr Handy, sondern der Festnetzanschluss. Vor Schreck ließ sie das Handtuch fallen. Einige Sekunden lang stand sie wie erstarrt. Dann handelte sie. Sie zog den Bademantel über und lief auf nackten Füßen zum Wohnzimmer. Doch bevor sie es betrat, schaltete sie das Licht aus. Mist, der Fernseher! Sein flackernder Schein war hell genug, so dass man sie von draußen sehen konnte. Claudine hatte noch keine blickdichten Vorhänge besorgt. Sie ließ sich auf den Boden nieder und robbte die letzten Meter bis zum Telefon.

Ja, sie hatte Angst. Aber diesmal würde sie dem Anrufer gehörig die Meinung geigen! Das hatte sie sich geschworen. Sie nahm den Hörer ab und erwartete, abermals die verstellte Stimme zu hören.

„Warum nimmst du nicht ab? Ich habe schon die ganze Zeit über versucht, dich auf dem Handy zu erreichen.“

Fast wäre Claudine vor Erleichterung in Tränen ausgebrochen. Es war die Queen! Aber sie beherrschte sich.

„Ich war in der Wanne.“

„Sehr schön, dass du auch noch Zeit für die tägliche Schönheitspflege hast. Hast du bei Holtkötter etwas erreichen können?“

Bei dem Gedanken an Holtkötter kamen ihr tatsächlich die Tränen.

„Was ist? Hast du Schnupfen? Du schnaufst so?“

Um sich zu beruhigen, blickte Claudine zum Fernseher. N24 sendete gerade eine Reportage über Brummifahrer. Doch dann hörte sie, wie der Reporter das Wort „Küche“ in den Mund nahm. „... Abermals ist auf der A2 zwischen Gütersloh und Herford ...“

„Claudine? Hörst du mir überhaupt zu? Ich habe dich etwas gefragt.“

Sie legte den Hörer zur Seite und lauschte dem Reporter. „... diesmal ging es den Räubern wohl nur um die Ladung. Laut Polizeiangaben hatten es die Täter erneut auf die Küche einer bekannten Küchenfirma aus dem Saarland abgesehen. Nur ein Zufall? Oder steckt dahinter mehr? Oder handelt es sich womöglich nur eine spektakuläre Werbeaktion? Spektakulär war die Aktion jedenfalls. Der Fahrer behauptet, von dem Raub, der sich während der Fahrt ereignet haben soll, nichts mitbekommen zu haben ...“

Claudine griff erneut zum Hörer. „Warum hast du mir das nicht erzählt?“

„Was erzählt, Liebes?“

„Dass inzwischen eine zweite Küche geraubt wurde!“

„Vielleicht hätte ich es dir ja erzählt“, erwiderte die Queen, wenn du meine Anrufe entgegengenommen hättest. „Woher weißt du es überhaupt?“

„Weil es bereits die Spatzen im Fernsehen von den Dächern pfeifen! Sag’, dass das nicht wahr ist, dass das Ganze nur ein Werbegag ist!“

„Wer behauptet das?“

„Wer wohl! Also?“

„Unsinn! Ja, es stimmt, gestern ist wieder ein Laster ausgeraubt worden. Aber das hat nichts mit dem ersten Fall zu tun. Purer Zufall."

„Und woher willst du das wissen?"

„Weil es sich um eine ganz normale Küchenlieferung handelte. Keine Luxusküche, verstehst du? Darum soll sich ausnahmsweise mal die Polizei kümmern. Außerdem sind wir gut versichert. Also: Streng dich an, dass du mit Holtkötter weiterkommst. Seine Anwälte drohen bereits mit einer Schadenersatzklage."

Ich weiß, dachte Claudine. *Und ich weiß auch, wie er sich einen Teil der „Entschädigung" vorstellte.*

„Außerdem habe ich dir ein Päckchen geschickt. Mit Lyoner und Maggi."

„Aber ich habe noch genug Maggi!"

„Unsinn. Man kann nie genug Maggi im Haus haben", widersprach die Queen.

Als sie auflegte, kamen Claudine erneut die Tränen. Warum nur musste sie das alles ausbaden?

Als die Tränen endlich versiegt waren, schmiedete sie einen Plan.

Kapitel 10:
„Einen Aperitif trinkt man niemals aus der Flasche. Das unterscheidet ihn von den gewöhnlichen Getränken.“

„Ich gebe heute Abend übrigens eine kleine Party“, verkündete Justus.

„Und was ist der Anlass?“, wollte Clemens wissen.

Sie saßen in Justus Wohnzimmer beim Frühstück. Das heißt, sie verzehrten das, was Justus unter einem „guten Frühstück“ verstand: dünnen Kaffee, trockenes Brot, Billig-Margerine und ein paar Käsescheiben, die sich bereits wie Fußnägel wellten. Immerhin: während der Tage davor hatte es gar kein Frühstück gegeben.

Justus selbst sah sogar noch verheerender aus als die Frühstückszutaten. Die langen Haare hingen ihm ungewaschen und strähnig auf die Schultern hinab, das Gesicht schien zerfurchter denn je. Der Morgenmantel, den er trug, schien aus dem mottenzerfressenen Fundus des Theaters zu stammen.

„Na, was ist wohl der Anlass?“, fragte Justus und schlürfte den Kaffee. „Du natürlich! Ich stell dich meinen Freunden vor.“

„Aber ich bleibe doch nur ein paar Tage.“

„Bist du dir da sicher?“ Justus blinzelte ihm zu.

„Hör zu, ich habe nachgedacht. Es ist besser, wenn ich mir ein Hotelzimmer nehme. Ich will dir einfach nicht länger auf den Geist gehen.“

„Tust du nicht. Überhaupt nicht!“

„Jedenfalls, wenn du Geld brauchst, kann ich dir was leihen ...“

„Das trifft sich gut! Schließlich sollen meine Gäste heute Abend auch was zu trinken haben.“

„Sieht es so schlecht aus?“

„So schlecht, ja.“ Justus ließ den Kopf hängen. Aber von einem Moment auf den anderen lachte er wieder. „Trotzdem kriegst du dein Geld heute Abend zurück. Also, ich hab dich nämlich etwas angeflunkert. Die Party hätte auch so stattgefunden. Und es wird ziemlich heftig gezockt. Da hole ich mir das Geld wieder rein."

„Du pokerst?"

„Ja, auch. Aber lass dich ja nicht auf eine Partie ein. Da sind ein paar ganz schön abgefeimte Falschspieler dabei!"

„Hatte ich auch nicht vor." Justus wurde ihm immer fremder. Der Freund von einst war ein heruntergekommener Orchestermusiker, der wahrscheinlich Drogen nahm und obendrein dem Glücksspiel verfallen war. Was da außerdem noch alles lief, wollte Clemens gar nicht wissen.

„Also?", fragte Justus.

„Was also?"

„Na, du hast mir Geld angeboten."

Clemens zog einen Hunderter aus dem Portemonnaie. „Reicht das?"

„Als Anzahlung, ja."

Clemens hielt ihm den Hunderter hin, zog ihn aber im letzten Moment wieder zurück, als Justus danach griff.

„Heh, was sind das für Spielchen?"

„Keine Angst, du kriegst das Geld. Aber nur, wenn ich auch noch jemanden einladen darf."

„Klar, kein Problem. Und wen?"

„Lass dich überraschen", schmunzelte Clemens.

Als er wieder in seinem Zimmer war, zog er die Visitenkarte heraus, die ihm „Madame Merci", wie er sie noch immer nannte, überreicht hatte. Obwohl ... Claudine war auch ein schöner Name. Jedenfalls würde er ihr endlich auf den Zahn fühlen.

Er wählte ihre Nummer. Zu seiner Enttäuschung meldete sich jedoch jemand anderes.

„Äh, bin ich da verbunden mit dem ‚Sugar Love'?" Der Name kam ihm nur schwer über die Lippen. Wie konnte man sich nur solch einen blöden Titel ausdenken?

„Ja, was wollen Sie?“ Die Stimme klang nicht sehr freundlich.

„Ich möchte eine Bestellung aufgeben. Sie liefern doch bestimmt auch außer Haus?“

„Ja, aber nicht jetzt.“

„Wann dann? Ich hatte an heute Abend gedacht. Eine größere Party.“

„Wie viele Personen?“

Er hatte keine Ahnung. Das hatte ihm Justus nicht erzählt. Er beschloss, ordentlich auf den Putz zu hauen. „Ich denke mal, so fünfzig Leute.“

Schweigen.

Und als er auch noch die Adresse nannte, wurde das Schweigen noch ehrfürchtiger.

„Haben Sie auch Herzhaftes im Programm? So was wie Pancakes?“

„Pancakes?“

„Na, Sie wissen schon ... und liefern Sie bitte pünktlich!“

Die Anruferin versprach's, und Justus legte auf.

Innerlich jubelte er. Das war ein gelungener Coup von ihm. Zum Glück würden seine Auftraggeber die Unkosten tragen. Dann fiel ihm ein, dass er das Wichtigste vergessen hatte: Er hatte nicht ausdrücklich darauf hingewiesen, dass die Inhaberin persönlich die Ware bringen sollte.

Er griff erneut zum Hörer.

Leider meldete sich niemand mehr.

Auch den ganzen restlichen Tag über nicht.

Kapitel 11:
„Einen Aperitif gibt es nicht an der Pommesbude."

„Fünfzig Leute!" Claudine konnte es nicht fassen.

„Ja, und du sollst pünktlich liefern", sagte Imke, die den Anruf entgegengenommen und ihr erzählt hatte, wer der Auftraggeber war.

„Das werde ich, keine Sorge", versprach Claudine. „Aber was bezweckt er damit?"

„Wahrscheinlich hast du ihn in die Enge getrieben. Sei ja vorsichtig. Am besten, du nimmst mich und Lotte mit."

„Das werde ich, aber nur, damit ihr mir tragen helft. Danach knöpf ich ihn mir vor. Allein."

Imke sah sie mit großen Augen an. „Du willst dich auf die Party schmuggeln?"

„Irgendwas wird mir schon einfallen."

Sie ging zur Tür und sperrte ab. Für heute war geschlossen. Und Telefonanrufe würde sie heute auch nicht mehr entgegennehmen. Es gab sehr viel zu tun bis zum Abend. Für fünfzig Leute buk man nicht eben mal nebenbei. Und außerdem musste sie sich selbst noch etwas aufbrezeln. Schließlich hatte sie noch etwas Besonderes vor.

Pünktlich um halb sieben parkte der Lieferwagen vorm Schlosseingang. Den Lieferwagen hatte Imkes Onkel ihnen geliehen. Der gesamte Club der stillen Genießerinnen war mitgekommen. Weder Meike, Jade, Annaliesa noch Imke hatten es sich entgehen lassen wollen, einmal ein Schloss von innen zu sehen. Und zwar die Zimmer, die man sonst nicht gezeigt bekommt. Vor allen Dingen waren sie aber auf den ominösen Schlossherrn gespannt, den bisher außer Claudine nur Annaliesa kannte. Den Königspudel, wie sie ihn nach wie vor nannte. Nur Tjorben hatte leider absagen müssen. Mit seiner Pfadfindergruppe hatte er an diesem Abend ein Zelten mit Lagerfeuer geplant.

„Und wir sollen wirklich nicht auf dich warten?“, fragte Jade nun zum soundsovielten Mal.

„Nein! Ihr verzieht euch sofort wieder.“

„Und was willst du ihm sagen, damit er dich nicht auch wegschickt?“

„Ich werde nichts sagen. Ich werde ihm nur etwas zeigen.“

„Na, da bin ich mal gespannt!“

Als sie endlich den Seitenflügel mit der Adresse an der Klingel fanden, hatte sich die Stimmung der meisten Freundinnen schon abgekühlt.

„Dein Königspudel ist gar kein von und zu. Wetten, dass der hier nur zur Miete wohnt?“

„Das werde ich heute alles herausfinden.“

Meike betrachtete ihre Freundin von Kopf bis Fuß: „So wie du dich herausgeputzt hast, wirst du bestimmt noch eine ganze Menge herausfinden. Mehr als dir lieb sein kann.“

„Ach, Schätzchen.“ Imke nahm Claudine noch einmal in den Arm. „Pass ja gut auf dich auf! Der Haifisch, der hat Zähne, das weißt du ja.“

„Ja, aber auch ich kann herzhaft zubeißen“, versicherte Claudine.

Sie atmete noch einmal tief durch. Dann drückte sie auf die Klingel.

Kapitel 12:
„Vive l'Aperitif!“

„Na endlich, ich dachte schon ...“

Weiter kam Clemens nicht. Er stockte mitten im Satz. Natürlich hatte er sie erwartet. Und natürlich hatte er sich mittlerweile eingestanden, dass sie mächtig Eindruck bei ihm hinterlassen hatte.

Aber als sie jetzt vor ihm stand, musste er an sich halten, um nicht in ein völlig deplatziertes „Wow!“ auszubrechen. Sie trug ein weißes Partykleid, das ihre Rundungen vorteilhaft in Szene setzte. Der tiefe Ausschnitt war mit einer schwarzen Federboa züchtig verdeckt. Dennoch konnte Clemens nicht anders, als darauf starren.

Mühsam riss er den Blick los, um Claudine ins Gesicht zu schauen. Was er da sah, faszinierte ihn nicht minder. Natürlich war ihm nicht fremd, dass Frauen durch geschicktes Schminken zu blenden vermochten. Aber falls dieser Anblick tatsächlich nur Blendwerk war, dann erlag Clemens gerade einer überaus betörenden Täuschung. Oder hatte er bisher nur nie richtig hingesehen?

„Ich bringe die Cupcakes?“, sagte sie.

„Die was?“

„Sie haben bei uns Cupcakes für fünfzig Personen bestellt.“

„Unsinn. Ich habe Pancakes bestellt.“

Jetzt war sie es, die verunsichert dreinblickte. Dann fasste sie sich und sagte: „Das ‚Sugar Love‘ liefert keine Pancakes. Wir backen Cupcakes. Soll ich Ihnen das buchstabieren?“

„Pan oder Cup – egal. Hauptsache es schmeckt. Kommen Sie erst einmal herein. In der Küche ist Platz.“ Clemens ging voran, und sie und ihre freiwilligen Gehilfinnen folgten ihm wie eine Karawane.

Die ersten Gäste waren bereits erscheinen. Die meisten waren männlich. Sie schauten der Damenkolonne interessiert hinterher.

Nachdem die Tabletts auf dem großen Küchentisch abgestellt worden waren, sah sich Clemens ganz allein fünf grimmig blickenden Augenpaaren gegenüber.

„Wie war das nun mit den Cupcakes?“, fragte Claudine.

„Pancakes“, berichtigte Clemens. „Außerdem steht es Ihnen gar nicht gut zu Gesicht, wenn Sie wütend sind.“

„Und gleich werde ich noch wütender, falls Sie mich auf den Arm genommen haben. Ich habe den ganzen Tag vorm Ofen gestanden und für Sie die verdammten Cupcakes gebacken.“

Bei jedem Wort rückten sie und ihre Freundinnen ihm ein wenig näher zu Leibe.

„Also schön, zeigen Sie sie her!“

Claudine entfernte die Folie von den Cakes. Sie waren herzallerliebst verziert: mit Liebesperlen, Glitzersternchen und Zuckerherzen.

„Mein Gott“, stöhnte Clemens. „Das ist doch hier kein Kindergeburtstag.“

„Wollen Sie damit sagen, dass ...“ Eine ihrer Freundinnen trat noch einen weiteren Schritt auf ihn zu.

„Nein, nein, man kann ja über alles reden ...“

„Und diese Partie“, sagte Claudine und enthüllte ein weiteres Blech, „habe ich speziell für Sie gebacken!“

Dabei schaute sie so komisch. Ihre Lippen verzogen sich zu einem triumphierenden Lächeln. Sollte er jetzt Beifall klatschen? Irgendetwas schien sie von ihm zu erwarten. Aber was?

Er schaute auf die Cupcakes. Sie waren teils mit der lippischen Rose verziert und teils mit einem Schlüssel, ähnlich dem, den er verloren und noch immer nicht wiedergefunden hatte. Justus hatte ihm deswegen schon ein Heidentheater gemacht.

„Äh, ja, sehr schön“, stammelte er. Pancakes hin, Cupcakes her. Darauf kam es ja jetzt gar nicht mehr an. Er hatte sein Ziel erreicht. Sie war hier. Jetzt musste er nur noch dafür sorgen, dass sie auch blieb. „Ich danke Ihnen. Wie machen wir das mit der Bezahlung?“

„Am liebsten bar. Zuzüglich Pfand für die Bleche.“ Sie nannte einen unverschämt hohen Preis.

„So viel Geld habe ich nicht hier. Ich kann Ihnen höchstens eine Anzahlung geben.“ Plötzlich kam ihm eine Idee. „Wenn Sie noch etwas bleiben, kann ich Ihnen auch den vollen Betrag geben.“ Er würde einfach sein Glück beim Pokern versuchen!

„Wie meinen Sie das?“, fragte sie misstrauisch.

In diesem Augenblick tauchte Justus im Türrahmen auf. Selbst Clemens musste zugeben, dass er blendend aussah. Das Haar war gewaschen, das Gesicht gebräunt, und der legere Anzug, den er trug, verlieh ihm einen lässigen und weltmännischen Auftritt. Seine Augen blitzten verwegen.

Clemens fühlte sich an ihrer beider Jugend erinnert. Genauso war es früher gewesen. Und auch jetzt hatten die Frauen nur Augen für Justus.

Und Justus hatte nur Augen für Claudine.

„Möchten Sie einen Martini?“, fragte er mit rauchiger Stimme.

„Ja bitte, einen trockenen“, hauchte Claudine.

Und Clemens begriff, dass dies der Beginn eines unglaublich missglückten Abends war.

Kapitel 13:
„Der Aperitif ist der Spiegel deines Geschmacks."

Sie hatte sich lange nicht mehr so wohl gefühlt. Und das hatte einen Grund. Oder genauer: einen Namen. Justus!

Während Claudine den Lieferwagen mit Schwung über die gewundenen Kieswege des Schlossparks lenkte, summte sie den alten Schlager: „Eine neue Liebe ist wie ein neues Leben ..."

Na ja, ganz so weit war es natürlich noch nicht. Wo war denn jetzt der verflixte Ausgang? Leider hatte der geliehene Lieferwagen keinen Navi. Also musste sie den Weg selbst finden. Was gar nicht so einfach war mitten in der Nacht und mit vielleicht einem winzigen, aber auch wirklich nur einem winzigen Schluck Martini zu viel.

Endlich hatte sie den Ausgang des Parks erreicht und fädelte sich in den Verkehr ein. Erst nach einigen Sekunden merkte sie, dass es gar keinen Verkehr gab. Zumindest keinen fließenden. Sie stand hinter einer Reihe geparkter Autos. Gut, dann konnte sie ja mal richtig schnittig überholen. Und da die Straße leer war und ihr alle Ampeln gelb blinkend freie Fahrt signalisierten, drückte sie ordentlich aufs Gaspedal. Dabei konnte sie auch endlich ihren Gedanken freien Lauf lassen.

Also: Justus und sie. Er hatte sie den ganzen Abend lang angeschmachtet und nicht aus den Klauen gelassen. Aber was hieß Klauen. Er hatte so wunderbare Hände. Die feingliedrigen Hände eines Pianisten. Sein Instrument war jedoch das Saxophon. Nur für sie hatte er es hervorgeholt, hatte sie an die Hand genommen und in den Schlossaal geführt. Dort hatte er ihr um Mitternacht ein Ständchen dargebracht. Irgendeine sentimentale Jazznummer, bei der ihr fast die Tränen gekommen wären. Sie war hin und weg gewesen. Justus wusste, was Frauen zum Dahinschmelzen brachte. Und er sah blendend aus. Dabei war er kein Schönling. Er trug die Schmisse des Lebens. Aber wie er sie trug, das war das Besondere. Außerdem wirkte er so geheimnisvoll wie der Graf von Monte Christo. Es umgab ihn wie ein dunkler Mantel. Aber auch das reizte sie ungemein an ihm. Sie würde den Mantel lüften. Irgendwann. Aber erst einmal sollte er sich ruhig weiter damit umhüllen.

Vor ihr tauchte ein Hinweisschild nach Detmold auf. Sie bremste scharf ab und bog links ab. Prima, man brauchte heutzutage gar keinen Navi. War ja eh alles beschildert.

Weiter im Text. Also, sie und Justus. Eigentlich war ja gar nichts passiert. Gut, ein paar Mal hatte er ihre Hand genommen, und sie hatte das Kribbeln, das sie dabei befiel, wie einen elektrischen Stoß empfunden – aber wie einen, der erregend unter die Haut ging. Und dann den ganzen Körper durchströmte. So herrlich kribbelnd. Vor allem im Bauch. Und einmal, während der Polonaise durchs Schloss, waren seine Hände unmerklich von ihrer Schulter nach unten gewandert. Aber auch das hatte sie sehr genossen. Sonst war nichts passiert. Sie hatten sich noch nicht einmal geküsst. Obwohl es fast dazu gekommen wäre ...

Wieder ein Schild. Diesmal hatte sie nicht mitbekommen, was darauf stand. Entweder fuhr sie zu schnell oder die Schilder waren zu klein.

Jedenfalls: Sie hatten nebeneinander auf dem roten Sofa gesessen. Dabei hatte sie ihm in die Augen geschaut, war in ihnen versunken, während seine Lippen sich immer weiter den ihren genähert hatten. Ausgerechnet in diesem Moment war der andere, dieser Moliere, hereingekommen und hatte dummes Zeug geredet. Und sich partout nicht abwimmeln lassen.

Dabei waren doch genügend andere Gäste da, denen er auf den Geist gehen konnte. Justus hatte bestimmt alle möglichen Leute eingeladen. Kollegen aus Künstlerkreisen. Ein paar Lokalpolitiker. Und viele bildschöne Frauen. Aber er hatte nur Augen für sie gehabt. Gut, da waren auch noch ein paar halbseidene Gestalten gewesen, über die sie lieber hinwegsah. Aber die hatten sich irgendwann in ein Hinterzimmer zurückgezogen.

Noch vor Mitternacht hatten sich auch ihre Freundinnen auf den Weg gemacht. Sie alle fanden Justus einfach süß. Nur Imke war misstrauisch gewesen und hatte Claudine gewarnt. Die gute Imke.

Rechts oder links? Wohin ging es denn nun? Sie entschied sich für links, da musste sie wenigstens die Spur nicht wechseln.

Komischerweise ging ihr dieser Moliere nicht aus dem Kopf. Sie vermutete noch immer, dass er irgendwie Dreck am Strecken hatte. Dabei war er ihr die ganze Zeit gefolgt. Aus Justus hatte sie auch nicht viel über ihn herausbekommen. Nur so viel, dass sie alte Freunde waren, und dass der Kerl seit ein paar Tagen bei ihm wohnte.

Als sie sich verabschiedete, hatte Justus sie gefragt, ob sie nicht über Nacht bleiben wolle. Bevor sie Ja sagen konnte, war wieder Moliere mit seinem verdrießlichen Gesicht aufgetaucht und hatte Justus daran erinnert, dass sie unbedingt noch aufräumen mussten. Also hatte sie Adieu gesagt und sich trotz der Martinis hinters Steuer gesetzt. Na ja, vielleicht war das ja sogar ganz gut so, dass sie nicht geblieben war. Wofür hätte Justus sie wohl gehalten, wenn sie gleich in der ersten Nacht – obwohl ... Eine Weile gab sie sich einem Tagtraum der erotischen Art hin. Aber gerade, als sie sich nackt in Justus' Armen aalte und er hitzig Liebesschwüre stammelte, ging die Tür auf und Moliere marschierte ins Zimmer.

Die Straße vor ihr wurde immer dunkler. Jetzt fiel ihr auf, dass hier überhaupt keine Straßenlaternen brannten. Machte nichts, sie hatte ja Fernlicht.

Als sie aufblendete, wurde es heller, aber besser wurde die Sicht davon nicht. Rechts und links drängte sich dichter Wald, und vor ihr reflektierte eine dichte Nebelwand das Scheinwerferlicht.

Da musste sie durch! Ob sie wollte oder nicht. Die Straße war nämlich so schmal geworden, dass Claudine noch nicht einmal mehr wenden konnte. Außerdem war der Asphalt voller Löcher. Obwohl Claudine das Tempo inzwischen auf fünfzig Stundenkilometer gedrosselt hatte, wurde sie tüchtig durchgeschüttelt. War das überhaupt noch eine Straße oder nur noch ein Weg? Oder ein Pfad? Die Zweige beugten sich so tief, dass sie wie Krallen über den Lack schabten. Und der Nebel wurde auch nicht lichter. Der Wagen tauchte in die Suppe ein wie ein Flugzeug in eine Wolkenbank.

Da sah sie von rechts den Schatten ins Scheinwerferlicht springen. Ihr Fuß trat das Bremspedal bis zum Anschlag nieder. Aber es war zu spät. Etwas knallte kreischend gegen die Windschutzscheibe, die sofort von tausend Rissen durchzogen wurde. Zum Glück splitterte das Verbundglas nicht. Dennoch, die Scheibe war trüb.

Für ein paar Sekunden lehnte sie sich im Sitz zurück und versuchte sich zu beruhigen. Ihr leichter Rausch war verflogen. Was war das eben gewesen? Ein Wildschein? Ein Reh? Sie hatte kein Wildwechsel-Warnschild gesehen.

Da erst wurde ihr bewusst, dass sie sich längst nicht mehr auf der asphaltierten Landstraße befand. Sie hatte sich verfahren. Weil sie in Gedanken nur bei Justus gewesen war.

Ihr Pulsschlag beruhigte sich allmählich. Sie fasste sich ein Herz, zählte bis drei und stieg aus. Um sie herum waberte der Nebel. Irgendwo schrie ein Käuzchen, und sie schrak zusammen. Erst jetzt wurde ihr bewusst, wie kühl es war.

Sie ging um den Wagen herum. Wenigstens waren die Scheinwerfer heilgeblieben. Nicht auszudenken, wenn sie hier im Dunkeln gestanden hätte.

Doch dann bekam sie fast einen Schreikrampf, als sie erkannte, dass die gesamte Front des Wagens voller Blut war. Rasch sah sie sich nach allen Seiten um. Was immer da vors Auto gelaufen war, es war entweder tot (dann musste der Kadaver hier irgendwo liegen) oder – schwer verletzt.

Vor ihren Augen entstand das Bild eines verstümmelten, hilflos leidenden Rehs. Sie konnte jetzt nicht einfach weiterfahren! Abgesehen davon, dass sie durch die Windschutzscheibe nichts mehr sah. Aber wenn sie die Polizei anrief, kam gewiss heraus, dass sie zu viel getrunken hatte.

Es gab nur eine Person, die ihr jetzt noch aus der Klemme helfen konnte: Imke natürlich.

Claudine hastete zurück in den Wagen. Ihr Handy lag auf dem Beifahrersitz. Mit zitternden Fingern rief sie Imkes eingespeicherte Nummer auf.

Kein Netzempfang! Das durfte doch nicht wahr sein! Sie war doch nicht auf dem Mond, sondern noch immer mitten in Detmold.

Da hörte sie den Schrei. Der Laut ging ihr durch Mark und Bein. Er musste von dem Tier stammen, das sie angefahren hatte. Es klang, als würde jemand ermordet. Oh Gott, sie musste endlich etwas tun!

Sie ging zur Ladeklappe des Lieferwagens, öffnete sie und suchte herum, bis sie eine Taschenlampe und einen Wagenheber gefunden hatte. Das Licht der Lampe brannte nur noch schwach, und was sie mit dem Wagenheber vorhatte, malte sie sich lieber nicht so genau aus. Zumindest war er eine gute Verteidigungswaffe. Sie hatte gehört, dass angeschossene Wildschweine extrem gefährlich sein konnten.

Beim diesem Gedanken wäre sie am liebsten wieder ins Auto gestiegen, hätte die Türen verriegelt und sich bis zum Morgengrauen hinterm Lenkrad verschanzt.

Aber das ging nicht. Sie konnte das Tier nicht qualvoll verenden lassen. Rechts von ihr war ein Trampelpfad. Sie leuchtete den Boden ab. Auf der festgetretenen Erde und dem Gras schimmerten frische Blutspuren. Der Pfad verlor sich im Wald.

Mutig machte sie einen Schritt in die Dunkelheit zwischen den Bäumen hinein, dann noch einen. Sie hatte keine Wahl. Der schwache Strahl der Taschenlampe wurde vom

Nebel verschluckt. Eigentlich konnte sie die Funzel auch wegwerfen. Aber dann hätte sie völlig im Dunkeln gestanden. Bei jedem Knacken eines Zweiges unter ihren Füßen zuckte sie zusammen. Sie hätte nie gedacht, wie still es nachts im Wald war. Selbst das Käuzchen war verstummt.

Nach einer Weile gabelte sich der Pfad. Sie bückte sich und suchte den Boden ab. Die Blutspur hatte sich verloren. Kein einziger rot glitzernder Tropfen war mehr zu sehen. Vielleicht war die Verletzung ja doch nicht so schlimm und die Blutung versiegt. Aber konnte sie sich darauf verlassen? Oder wollte sie sich nur selbst beruhigen. Nein, der Gedanke, das sterbende Tier könne sich noch tagelang quälen, würde ihr den Schlaf rauben. Wahrscheinlich würde sie sich noch jahrelang Vorwürfe machen und unter Alpträumen leiden.

Ohne lang zu überlegen entschied sie sich für den rechten Pfad. Er endete schon bald auf einer Lichtung. Auch der Nebel lichtete sich und zerfaserte zu dünnen Schwaden. Nun brach der fast volle Mond durch die Wolkendecke und ließ die Nebelfetzen wirken wie schwebende Gespenster. Claudine spürte, wie ihr eine Gäsehaut über den Körper kroch.

Dennoch ging sie weiter voran. Sie überquerte die Lichtung und hielt dabei weiter Ausschau nach dem verletzten Tier. Vor ihr begann ein weiterer Pfad. Er war breiter als jener, der sie hierhergeführt hatte. Sie ging auf den Pfad zu und folgte seinem Verlauf mit dem Blick. Einladend wirkte er nicht gerade.

Claudine zuckte zusammen. Wieder war der Schrei ertönt! Er war aus der Tiefe des Pfades erklungen! Sie befand sich auf der richtigen Fährte.

Ohne noch länger zu zögern folgte sie dem Pfad.

Der war nach zehn Metern plötzlich zu Ende. Das heißt, ein Hindernis verstellte ihn. Das schwächelnde Licht der Taschenlampe schälte etwas Riesiges, Grünes aus der Dunkelheit. Es war ein Lastwagen. Wenn er hier parkte, war vielleicht der Fahrer nicht weit entfernt. Vielleicht schlief er sogar hinter dem Lenkrad.

Obwohl das Bauchgefühl ihr riet, endlich umzukehren, widerstrebte es Claudine, sich jetzt aus der Affäre zu ziehen. Sie würde die Sache, die sie begonnen hatte, auch beenden.

Sie ging um die Fronthaube des Wagens herum und klopfte zaghaft gegen die Fahrertür. Als sich nichts tat, klopfte sie etwas heftiger.

„Hallo?“ Ihre eigene Stimme kam ihr schrill und unvertraut vor.

Vielleicht, dachte sie, *befindet sich hier eine Art Bauhof.* Oder der Lkw wurde von Forstarbeitern benutzt.

Langsam schritt sie einmal um das gesamte Fahrzeug herum. Nein, einen Bauhof schien es hier in der Nähe nicht zu geben. Und Baumstämme konnte man mit dem Gefährt auch nicht transportieren. Es besaß nämlich eine geschlossene Ladefläche.

Dennoch: irgendjemand musste ja den Lkw hierhergefahren und auf dem Waldweg abgestellt haben, und zwar zu irgendeinem Zweck.

Sie überlegte, ob es nicht besser wäre, weiterzugehen.

Doch dann siegte ihre Neugier. Sie stieg die Trittstufen zur Fahrerkabine hinauf und betätigte den Türgriff.

Die Tür war nicht abgeschlossen.

Claudine zog sie auf. Zaghaft rief sie in die Fahrerkabine hinein.

„Ist da wer?“

Erst jetzt bemerkte sie den dunklen Schatten auf dem Beifahrersitz. Die Gestalt hing schlaff vornübergeneigt im Gurt. Im ersterbenden Schein der Taschenlampe sah Claudine das blutüberströmte Gesicht und die geweiteten Augen, die starr und blicklos auf sie geheftet waren.

Dann versagten die Batterien und die Lampe erlosch.

Kapitel 14:
„Bei einem harmonischen Menü beantwortet sich die Frage nach dem passenden Aperitif immer von allein.“

‚Spedition Speckbrock International GmbH & Co.KG‘, stand auf der Plane des Lasters.

Das kann Zufall sein, dachte Clemens. Kann, muss aber nicht. Jedenfalls machte es seinen Besuch hier noch interessanter.

Das Casino in Bad Oeynhausen hatte seine besten Tage hinter sich. Zumindest die glanzvollen, als es noch im Kurpark residierte. Clemens war hier noch nie gewesen. Er hatte im Leben bisher nur ein einziges Casino aufgesucht, in Baden Baden, und das war um einiges eindrucksvoller gewesen. Er war gerade achtzehn geworden, und sein Onkel hatte ihm den Casinobesuch zum Geburtstag geschenkt.

In Bad Oeynhausen lag das Casino auf einem Einkaufsgelände, dem Werre-Park. Von Park war jedoch keine Spur zu sehen. Vielleicht hatte man ihn mit der Shopping Mall übergebaut.

Der Eindruck, den das Casino von innen machte, war kaum besser. Es war recht schlicht eingerichtet und erinnert eher an Las Vegas als an Monte Carlo.

Nachdem er ein paar Jetons verspielt und nebenbei ein paar gezielte Fragen gestellt hatte, musste Clemens nicht lange warten. Ein glatzköpfiger Herr in schwarzem Anzug, dessen Stoff breite Schultern und muskulöse Oberarme umspannte, baute sich neben ihm auf, beugte sich diskret zu ihm herab und flüsterte ihm höflich ins Ohr, ihn doch bitte zu begleiten. Clemens tat ihm den Gefallen.

Das Büro, in das er geführt wurde war klein und stickig. Etliche Monitore zeigten, was in der Spielhalle vorging. Der Mann, der davorsaß und sich ihm nun zuwandte, hatte ebenfalls eine Glatze und trug gleichfalls einen schwarzen

Anzug. Sein Kollege, der Clemens hergebracht hatte, entfernte sich und schloss die Tür von außen.

Der Kahlköpfige bot Clemens keinen Stuhl an. Weder lächelte er, noch stellte sich vor oder sagte auch nur Guten Tag. Er kam gleich zur Sache: „Wir mögen es nicht, wenn man sich nach unseren Gästen erkundigt."

„Auch nicht nach den toten?"

Clemens hatte es am Morgen aus dem Radio erfahren. Man hatte den verschwundenen Lkw in einem Waldstück entdeckt. Der Fahrer hatte tot auf dem Beifahrersitz im Gurt gehangen. Die Polizei ermittelte noch, wie es hieß. Clemens hatte bei Kopsieker angerufen, und dieser hatte hatte die Befürchtung bestätigt: Die Ladefläche des aufgefundenen Lkw war leer gewesen, die Küche blieb weiterhin verschwunden.. Clemens' Job war also noch nicht erledigt.

„Den Toten?", wiederholte der Kahlkopf. „Wie meinen Sie das?"

„*Die Spielbank der toten Zocker.* Klingt skandalträchtig, oder? Wie eine zünftige Schlagzeile."

„Sind Sie von der BILD?"

„Nein, ich bin von der Versicherung." Clemens zückte seine Karte. Es war wirklich verdammt heiß und stickig hier drin. Er begann zu schwitzen. Wie hielt man es nur den ganzen Tag in diesem Kabuff aus? Er griff in die Tasche des Sakkos. Der Glatzköpfige zuckte zusammen, entspannte sich aber wieder, als Clemens die Dose mit der Notfallschokolade hervorholte.

„Mögen sie auch eins?"

Der andere schüttelte den Kopf. „Das alles ändert nichts an der Tatsache, dass wir Fragen nach unseren Kunden weder beantworten noch wünschen. Ich möchte Sie bitten, das Casino zu verlassen. Ich erteile Ihnen hiermit Hausverbot. Wenn Sie möchten, auch schriftlich." Er erhob sich, und Clemens stellte fest, dass der andere ihn um eine beeindruckende Kopflänge überragte.

Wenn er sowieso größer war als er, konnte er sich auch setzen. Er tat es. Der einzige Sessel im Raum war sogar einigermaßen bequem. Clemens versank geradezu darin.

„Wollen Sie sich jetzt häuslich niederlassen? Oder soll ich Sie hinausbefördern?"

„Weder noch, bitte", sagte Clemens. „Ich möchte mit Ihnen über Kalle Schlür sprechen."

„Nie gehört. Wer soll das sein?"

„Seine Freunde nennen ihn Schlürschluck."

„Wollen Sie mich verarschen?"

„Herr Schlür war vor seinem gewaltsamen Tod bei der Spedition Speckbrock International GmbH & Co.KG beschäftigt. Einer der Laster der Firma steht vor Ihrem Casino."

„Ja und?"

„Genau: Und? Das interessiert mich alles brennend."

Eine Viertelstunde später war Clemens wieder draußen an der frischen Luft. Er atmete tief durch, während er nach dem Laster Ausschau hielt. Der war verschwunden, aber irgendwie hatte er sich so etwas schon gedacht.

Jedenfalls wusste er nun, dass Kalle Schlür Stammgast im Casino gewesen war. Aber inwiefern half ihm das weiter? Er war überzeugt, dass ihm der Glatzkopf die Wahrheit gesagt hatte. Wer riskierte schon gerne Ärger, indem er mit einem Mord in Verbindung gebracht wurde? Der Typ vom Casino hatte zwar den Namen Schlür nie gehört, erinnerte sich aber an die Person, nachdem Clemens mit einem Foto nachgeholfen hatte.

„Ja, der ist jeden zweiten Tag hier gewesen. Aber nie allein."

„Nie allein?"

„Nein, er war immer mit einem anderen Mann hier."

„Können Sie ihn beschreiben?"

Hier setzte leider die Erinnerung seines Informanten aus und die Bereitschaft zur Handgreiflichkeit ein. Clemens erkannte, wann es Zeit war, sich zu verabschieden.

Kapitel 15:
„Die schwierigste und folgenreichste Entscheidung im Leben ist die Wahl des passenden Aperitifs.“

„Und? Wie war es?“, wollte Imke wissen, als Claudine endlich wieder aus dem Büro des Kriminalbeamten herauskam. Sie hatte die ganze Zeit mit Lotte auf dem Besucherflur gewartet.

„Schrecklich“, stöhnte Claudine.

„Hat dich dieses Ekel von Kommissar etwa wieder angeschrien?“

„Nein, er war sogar richtig nett diesmal. Und eine Psychologin, Frau Krüger, saß auch dabei. Ich kann sie jederzeit anrufen, hat sie gesagt. Die beiden waren wirklich sehr besorgt um mich.“

„Kein Wunder. Wenn ich den Toten entdeckt hätte, hätte ich wahrscheinlich einen Herzschlag erlitten.“

„Frau Krüger sagt, das kann noch folgen. Also kein Herzschlag, aber ein Trauma. Im Moment fühle ich mich eigentlich noch ganz okay.“

Während sie die Treppen hinabstiegen, hakte Imke nach: „Und was war dann so schrecklich?“

„Sie haben mir nicht geglaubt, dass ich sicher bin, den Mörder zu kennen.“

„Der Königspudel? Hältst den den wirklich für den Mörder? Ich meine, ich traue ihm auch nicht über den Weg, aber wie ein Mörder sieht er nun nicht gerade aus.

„Er muss es ja nicht mit eigener Hand getan haben. Aber ich bin sicher, er steckt da irgendwie mit drin. Denk an den Schlüssel, den man gefunden hat! Und er hat seinen verloren! Das habe ich von Justus erfahren. Der ist ziemlich sauer darüber, denn es ist nicht so einfach, die Schlüssel mal eben nachmachen zu lassen. Wahrscheinlich müssen die Schlösser ausgetauscht werden. Eine ziemlich teure Sache, und Justus wird dafür aufkommen müssen.“

„Warum denn er?"

Sie traten auf die Straße. Draußen erwartete sie herrlichster Sonnenschein.

„Na, Justus hat dem Königspudel den Schlüssel geliehen."

Sie hatten Imkes Mini Cooper erreicht und stiegen ein., Nachdem sie endlich einen Parkplatz in der Nähe des Siegfriedplatzes gefunden hatten, fragte Claudine: „Trinkst du noch eine Tasse Cappuccino mit mir?"

„Natürlich! Denkst du, ich lasse dich allein? Sonst kommst du noch auf dumme Gedanken."

„Auf welche denn, zum Beispiel?

Zum Beispiel könnte ich mich noch mal mit Justus verabreden, sinnierte Claudine. Sie saßen ausnahmsweise nicht in, sondern vor dem Sugar Love. Das Wetter war einfach zu schön. Sie hatten zwei Stühle vor das Schaufenster gestellt, tranken ihren Cappuccino und sahen den Bauarbeitern zu, die heute ausnahmsweise mal den Presslufthammer beiseite gestellt hatten und weniger brachial zu Werke gingen.

„Zwischen dir und Justus hat es ganz schön gefunkt, oder? Kann es sein, dass du nur auf Mördersuche bist, weil du ihn möglichst schnell wiedersehen willst?"

Claudine dachte nach. Ernsthaft. War das wirklich so? „Ich bin mir nicht sicher", sagte sie schließlich. „Ich meine, gestern war ich ziemlich euphorisch. Im Nachhinein weiß ich nicht so recht. Warum ist eigentlich immer alles so schwierig? Warum musste mein Traummann sich als Fiesling erweisen? Es hätte mir gereicht, noch jahrelang für Harry zu schwärmen. Dann wäre mir auch Justus egal. Und warum muss ausgerechnet ich den Toten finden?"

„Und frag dich mal, warum ausgerechnet du damit beauftragt wirst, dich um die verschwundene Küche zu kümmern!", erinnerte Imke sie.

„Weil die Queen nun mal meint, ich würde das hier von Bielefeld aus schon irgendwie schaukeln. Und warum läuft das Café einfach nicht? Dieses blöde ‚Cupcake Heaven' kann doch nicht der alleinige Grund dafür sein."

„Du müsstest vielleicht Tische vor die Tür stellen. Wenn die Sonne scheint, wollen alle draußen sitzen."

„Darf ich nicht, weil der Bürgersteig zu schmal ist. Sagt jedenfalls das Ordnungsamt."

„Und auf der anderen Straßenseite? Da ist doch Platz genug?" Sie wies mit dem Finger hinüber. Einer der Bauarbeiter fasste es falsch auf und grinste sie an.

„Vielleicht solltest du ihm einen Kaffee bringen?", schlug Claudine vor. „So einfach mal über die Straße, das war doch dein Vorschlag, oder?"

Imke lehnte sich schmollend zurück. „Okay, mach du einen besseren."

„Wie ich schon sagte, ich werde noch einmal zu Justus fahren ..."

„Spinnst du? Du hast erst letzte Nacht eine Leiche entdeckt. Willst du selbst als Leiche irgendwo enden? Überlass das lieber der Polizei!"

Claudine sah ihrer besten Freundin in die Augen. „Ich glaube, das alles ist so eine Art Prüfung für mich, verstehst du? Und die muss ich bestehen."

„Unsinn! Du bildest dir da was ein ..."

„Nein, tu ich nicht. Und es hat auch nicht nur mit der Küche zu tun. Ich habe schon vorher überlegt, was mit mir nicht stimmt ..."

„Heimweh?"

„Ja, vielleicht. Aber es ist mehr. Nenn es meinetwegen Schicksal. Ich dränge mich nicht danach, einen Mord aufzuklären. Ich fühle mich einfach verpflichtet, meiner Familie zu helfen ..."

„Sehr hilfreich, wenn du dabei dein Leben lässt."

„Ach was, so wild ist es ja auch wieder nicht. Der Lkw-Fahrer wurde übrigens mit einer Mischbatterie erschlagen."

Imke schleckte den Milchschaum vom Rand ihrer Tasse. „Na dann“, sagte sie schließlich. „Dann ist es ja wirklich nur halb so schlimm.“

„Ich will endlich wissen, woran ich bin!“, sagte Claudine trotzig.

„Mach, was du willst. Ich lasse schon mal die Trauerkarten für deine Beerdigung drucken.“

„Und das nennt sich beste Freundin!“

„Sei froh, dass du noch eine hast!“

Kapitel 16: „Was man dir als Aperitif kredenzt – daran unterscheidest du den Freund vom Feind.“

„Sag mal, bist du übergeschnappt?“

Justus hatte Clemens im Königszimmer aufgestöbert. Er war auf Pantoffeln angeschlurft gekommen. Sein abgenutzter Bademantel klaffte auf und zeigte ziemlich schmutzige Boxershorts.

„Nein, aber ich brauche meine Ruhe und außerdem Platz. Viel Platz. Große Ideen brauchen viel Raum, um sich zu entfalten.“ Zugegeben, dass war etwas zu dick aufgetragen, aber Clemens hatte es in dem winzigen Gästezimmer einfach nicht mehr ausgehalten.

Es war kurz nach zwei am Nachmittag. Im Gegensatz zu Clemens war Justus erst vor einer Stunde aufgewacht. Seitdem dröhnten aus dem Schlafzimmer pausenlos Deep-Purple-Klassiker. Spätestens nach dem dritten „Child in Time“ hatte Clemens es nicht mehr ausgehalten, seinen Laptop und den Beamer geschnappt und sich ein stilles Plätzchen gesucht. Dass der Platz, den er sich erkoren hatte, Königszimmer genannt wurde, wusste er nicht. Aber die Vorhänge hinter den beiden auf dem Podest stehenden Stühlen ließen sich zurückziehen, und dahinter befand sich eine riesige weiße Wandfläche. Ideal für seine Projektionen.

„Wenn dich hier jemand erwischt, flieg ich hochkantig raus!“

Überrascht sah Clemens von der Simulation, die er gerade erstellte, auf und blickte seinen Freund zum ersten Mal richtig an. Justus sah nicht gut aus. Und riechen tat er auch nicht gut.

„Warum lässt du mich das hier nicht einfach zu Ende machen und gehst unter die Dusche?“, schlug er vor.

Justus antwortete nicht. Er stierte nach wie vor auf den Beamer.

„Was ist los? Hat dich der Blues erwischt?“

„Das auch. Aber erklär mir mal, was du da vorhast.“

Clemens atmete tief durch. Irgendwann musste die Wahrheit ja ans Licht kommen. „Hör zu“, sagte er. „Ich habe dich belogen.“

„Irgendwie habe ich das von Anfang an geahnt. Du hast gar kein Geld, stimmt's?“

„Doch, aber ich muss es mir ja auch irgendwie verdienen.“ Clemens war froh, dass Justus ihm die Brücke baute. „Also, es ist so. Diesen Lotto-Gewinn, den habe ich erfunden.“

„Sagte ich doch: du hast überhaupt kein Geld.“

„Ich habe Geld, verdammt noch mal. Lass mich einfach ausreden, okay? Als Restaurantkritiker kannst du in Deutschland jedenfalls gerade mal deine Miete bezahlen. Also muss ich sehen, wie das Geld reinkommt. Ich bin außerdem Versicherungsdetektiv.“

Eine Weile herrschte eisiges Schweigen. Dann fragte Justus: „Wie lange schon?“

„Seit fünf Jahren.“

„Und was habe ich damit zu tun?“

„Gar nichts. Erinnere dich, dass *du* mich eingeladen hast, bei dir zu wohnen.“

Nach dem Geständnis seines Freundes schien Justus noch ein wenig mehr gezeichnet. Kraftlos ließ er sich auf einen der spätbarocken Königsstühle sacken. Er wirkte wie die Karikatur eines von Volk und Hofstaat verlassenen Herrschers.

„Das muss ich alles erst mal verarbeiten. Und das auch noch mit meinem Brummschädel. Mein alter Freund Clemens ist so was wie ein Schnüffler. Herrschaftszeiten!“ Er schien ehrlich betroffen. Clemens erinnerte sich, dass Justus schon immer politisch ziemlich weit links gestanden hatte. Er war sogar ein paar Mal mit der Polizei aneinandergeraten, weil er an verbotenen Demos teilgenommen, Häuser besetzt und Graffiti gesprüht hatte. Aber das war lange her.

„Und worum geht es?“, fragte Justus schließlich.

„Willst du das wirklich hören?"

„Wo ich schon mal hier sitze, kannst du mich auch ganz einweihen."

Es sprach nichts mehr dagegen. Die Medien berichteten sowieso schon seit heute Morgen über den toten Lkw-Fahrer.

„Du hast sicher von dem verschwundenen Lastwagen gehört."

„Nee, woher denn? Ich kann mir keine Tageszeitung leisten, und einen Fernseher habe ich auch nicht, wie du weißt. Außerdem interessiert mich der ganze oberflächliche Dreck nicht."

Na schön, dachte Clemens geduldig. *Dann fange ich eben ganz von vorn an.* Er erzählte ihm also die ganze Geschichte. Justus hörte zu. Schließlich sagte er: „Verstehe, und du musst jetzt die Küche wiederbeschaffen."

„Nein, eigentlich nur den verschwundenen Lkw."

„Aber der ist doch seit gestern wieder aufgetaucht."

„Das ja. Aber ich habe auch noch so was wie Berufsehre im Leib. Ich will wissen, wer dahintersteckt."

„Die Küche interessiert dich also überhaupt nicht?"

„Nein, das sagte ich ja. Aber natürlich ist alles irgendwie miteinander verknüpft, insofern interessiert's mich dann eben doch."

„Das ist alles zu hoch für mich", gab Justus zu. „Ich glaube, ich nehm erst mal eine Handvoll Aspirin."

Er war im Begriff aufzustehen, aber Clemens bat ihn sitzenzubleiben. „Jetzt wird's doch erst richtig spannend!", versprach er. „Er wies auf die noch weiße Wand, tippte auf der Tastatur herum, und die leere Fläche füllte sich mit einer Karte von Google Maps. „Ich habe das mal alles berechnet und eine Simulation erstellt ..."

„Verschon mich", bat Justus. „Deinen Eifer in Ehren, aber ich ..."

„Nur fünf Minuten. Ich will wissen, ob ich auf dem Holzweg bin oder nicht. Außerdem kennst du dich in der Gegend besser aus."

Justus gab sich geschlagen. „Meinetwegen, wenn's der Wahrheitsfindung dient."

„Schau hier„, sagte Clemens" das ist die A2 zwischen Rheda-Wiedenbrück und Herford." Er zoomte den Kartenausschnitt heran. „Der schwarze Fleck stellt den zweiten Lkw dar, dessen Fahrer behauptet, ihm wäre die Küche auf offener Strecke von der Ladefläche entwendet worden." Fast schneckenhaft langsam bewegte sich der Fleck über die blaue Autobahnlinie. Oben links lief ein Zeitzähler. Rings um den Lkw flitzten rote Punkte.

„Was sind das für Punkte?", fragte Justus. „Was stellen die dar?"

„Andere Wagen. Alle bewegen sich mit simulierten Geschwindigkeiten zwischen 80 und 160 km/h."

„Und warum kriecht dein Laster so gemächlich daher?"

„Eben das ist der Punkt. Besagter Laster wurde gestern um 16:00 Uhr auf der A2 bei Rheda-Wiedenbrück gesehen. Fünfundsiebzig Minuten später wurde er wieder auf der A2 gesichtet. Am Autobahnkreuz Bielefeld-Sennestadt."

„Ja und?"

„Die Strecke beträgt höchstens fünfundzwanzig Kilometer, und man bewältigt sie locker in fünfzehn Minuten. Bei durchschnittlicher Geschwindigkeit."

„Ja und?", wiederholte Justus begriffsstutzig.

„Begreifst du denn nicht? Die Frage lautet: Wo befand sich der Laster in der einen Stunde, die übrig bleibt."

„Frag doch den Fahrer!"

Clemens verdrehte die Augen. „Du hast echt zu viel getankt. Der Fahrer behauptet steif und fest, ganz normal gefahren zu sein."

Justus beugte sich vor. Für einen Moment war so etwas wie Interesse in seinen Augen zu lesen.

Clemens sagte: „N24 und andere Nachrichtensender berichten schon den ganzen Morgen darüber. Außerdem gab es eine Pressekonferenz. Allerdings wurde da nicht viel verraten. Ich denke mal, die Polizei tappt ganz schön im Dunkeln."

„Und wieso weißt du so viel mehr als die Bullen?"

„Weil ich die hilfreicheren Freunde habe", grinste Clemens. Er musste Justus ja nicht alles erzählen. Außerdem interessierte den bestimmt nicht, dass er Matze angerufen hatte. Und der hatte gleich eine Funkkette organisiert. Gleich mehrere Fahrer hatten sich gemeldet, die den Lkw gesichtet hatten.

„Ach so ist das!", sagte Justus. „Dann brauchst du mich ja nicht mehr, oder?"

„Eben doch!", beharrte Clemens. „Pass auf!" Eine zweite Computersimulation erschien auf der Wand. Erneut schlängelte sich das blaue Band der A2 durch die Karte. Mehrere dicke rote Punkte waren rechts und links der Autobahn verteilt. „Es ist nur so eine Vermutung", erklärte Clemens. „Aber so ein Brummifahrer hat doch ziemlich viel Druck unterwegs. Er muss den Zeitplan einhalten, einladen, ausladen, manchmal kommt er tagelang nicht nach Hause. Und wenn er dann heimkommt, kriegt er wahrscheinlich erst mal zu hören, wie wenig er verdient. Seine Frau und seine Kinder gehen ihm auf die Nerven ..."

„Das sind doch alles Klischees", unterbrach ihn Justus.

„Ja, aber an Klischees klebt oft die Wahrheit. Kennst du noch den Spruch? In jedem Hafen eine Braut!"

„Willst du etwa sagen, dieser Lkw-Fahrer hat irgendwo zwischen Rheda-Wiedenbrück und Bielefeld seinen Laster abgestellt und eine Tussi flachgelegt?"

„Wäre doch möglich, oder? Die roten Punkte markieren die Bordelle entlang der Strecke."

Clemens wies wieder auf die Simulation. Der schwarze Lkw nahm die Ausfahrt Gütersloh und fuhr den ersten der Punkte an. Der Zeitzähler lief weiter.

Justus gähnte und stand auf. „Dann wünsche ich dir weiterhin viel Erfolg bei deiner Suche." Plötzlich stutzte er. „Wie bist du überhaupt in den Saal hier reingekommen."

„Berufsgeheimnis.“ Clemens zwinkerte dem Freund geheimnisvoll zu. Auch dass er eine gut sortierte Dietrichsammlung besaß, musste Justus nicht unbedingt wissen.

„Dann sieh nur zu, dass du nicht mehr hier bist, wenn irgendwelche Besuchergruppen anrücken oder der Pförtner nach dem Rechten sieht.

„Keine Sorge, heute ist Ruhetag, das solltest du besser wissen als ich. Ich baue gleich ab, versprochen.“

Justus drehte sich um und schlurfte sichtlich angeschlagen von dannen. Kurz vor der Tür drehte er sich noch einmal um. „Hast du eigentlich den Schlüssel für die Pforte wiedergefunden? Ich will keinen Ärger deswegen.“

„Noch nicht, aber der wird schon wieder auftauchen. Außerdem nehme ich alle Schuld auf mich.“ Bevor Justus verschwinden konnte, sagte Clemens. „Ach so, ich habe da noch eine Bitte.“

„Du wirst langsam lästig, weißt du das?“

„Es ist nichts Besonderes. Du sollst nur deinen Lieblingsgast von gestern Abend noch einmal einladen?“

„Ich?“

„Wer sonst, du hast doch die ganze Zeit mit ihr geflirtet.“

„Ja, aber du hast uns keine Sekunde aus den Augen gelassen. Ruf sie doch selbst an. Ich bin nicht mehr besonders scharf auf die Zicke.“

„So! Frauen, die nicht sofort mit dir ins Bett springen, sind also allesamt Zicken.“ Justus hatte sich wirklich nicht verändert.

Justus feixte: „Sie hatte ihre Chance gestern. Sie hat sie nicht ergriffen. Basta!“

„Nix basta“, bat Clemens. „Tu mir den Gefallen, bitte!“

Justus sah ihn interessiert an. „Bist du etwa selbst scharf auf sie.“ Plötzlich lachte er laut los. Erst nach einer Weile beruhigte er sich wieder.

Clemens spürte, wie seine freundschaftlichen Gefühle für Justus erkalteten. Dafür wurde sein Kopf immer heißer.

„Unsinn“, verteidigte er sich. „Wenn du es genau wissen willst: Ich muss endlich herauskriegen, was sie mit meinem Fall zu tun hat. Immerhin kam sie aus Kopsiekers Büro, dann aus Holtkötters Restaurant, plötzlich tauchte sie hier auf und fragte penetrant nach dem Schlüssel zum Portal ...“

„Justus horchte auf. „So? Davon hat sie mir nichts erzählt.“ Plötzlich kam ihm ein Gedanke. „Wenn du sie verdächtigst, warum fragst du sie nicht einfach?“

„Genau das, mein Freund, habe ich heute Abend vor!“

Kapitel 17:
„Wer A (wie Aperitif) sagt, muss auch D (wie Digestif) sagen."

„Diesmal bleibe ich mit Lotte hier unten, bis du wiederkommst!", versprach Imke. Lotte wuffte und wedelte mit dem Schwanz, was wahrscheinlich heißen sollte, dass von ihr aus die Sache in Ordnung ging.

„Der Königspudel wird mich schon nicht gleich fressen", sagte Claudine zuversichtlich. Mit einem Blick in den Innenspiegel überprüfte sie noch einmal ihr Make-up, dann stieg sie aus und ging über den gewundenen Kiesweg auf das Schloss zu. Noch immer wunderte sie sich über die Einladung. Hatte sie wirklich solch einen Eindruck auf Justus gemacht, dass er sie schon heute wiedersehen wollte? Sehr enthusiastisch hatte er am Telefon nicht geklungen. Eher müde. Egal, sie wollte ja nicht ihm auf den Zahn fühlen, sondern seinem Mitbewohner.

Bisher hatte sie die Sache auf die leichte Schulter genommen, aber als sie nun die Treppen zu seiner Wohnung hinaufstieg, wurde ihr mit jeder Stufe mulmiger.

Der Königspudel wird mich schon nicht gleich fressen ...

Plötzlich war sie sich da gar nicht mehr so sicher.

Der erste Schock erwartete sie an der Wohnungstür. Justus. Im Vergleich zu gestern Abend wirkte er um Jahre gealtert. Die fettigen Haare hingen ihm ungekämmt und strähnig in die Stirn. Die tiefen Schatten unter den Augen mochten dem Alkohol zuzuschreiben sein. Doch das ganze Gesicht wirkte schlaff und teigig. Die grauen Bartstoppeln, die gestern noch als modischer Dreittagebart bei ihr durchgegangen waren, verliehen ihm Stunden später das Aussehen eines Penners. Am schlimmsten war aber sein Aufzug. Er trug einen verschlissenen Bademantel. Weil er vorne aufklaffte, war seine Unterhose zu sehen. Sie wirkte nicht mehr sehr sauber.

Nein, entschied sie. Das war nur das Zweitschlimmste. Das Allerschlimmste war sein stumpfer Blick. Sah er sie überhaupt an, oder sah er durch sie hindurch?

„Komm rein", nuschelte er. Es klang nicht gerade erfreut. Ohne ihre Antwort abzuwarten, drehte er sich um und schlurfte auf nackten Füßen voran. Zögernd folgte sie ihm. Im Korridor war es dunkel. Den Schatten sah sie erst im letzten Moment. Er tauchte von der Seite auf und entpuppte sich als dieser Moliere. Dennoch zuckte sie kurz zusammen. Irgendetwas ging hier vor, was sie nicht durchschaute. Noch nicht.

Während Justus in einem der Zimmer verschwand, versperrte sein Mitbewohner ihr den Weg: „Ich freue mich sehr, dass Sie abermals den Weg zu uns gefunden haben."

„Solange ich frei entscheiden kann, wann ich wieder gehen möchte, ist das Vergnügen ganz meinerseits." Mein Gott, jetzt drückte sie sich schon genauso gestelzt aus wie er.

„Hegen Sie diesbezüglich etwa Zweifel? Keine Angst, Sie sind hier nicht in einer Räuberhöhle gelandet."

Leider war Claudine sich da gar nicht so sicher. „Was wird hier eigentlich gespielt?", fragte sie. „Ich dachte, Justus ..."

„Justus ist leider etwas unpässlich. Er hat mich gebeten, ihn heute Abend würdig zu vertreten. Bitte folgen Sie mir."

Er ging voran wie ein steifer Butler. Claudine verdrehte hinter seinem Rücken die Augen. Na schön, sie würde das Spielchen mitmachen. Aber nur so lang es ihr passte.

Er führte sie durch einen schier endlosen Gang, über mehrere Treppen und dann wieder einen Gang entlang, an dessen Ende er eine Tür öffnete und Claudine mit einem „Voilà" aufforderte, über die Schwelle zu treten.

Es war kein normaler Raum. Es war ein Saal. Die Wände waren mit purpurroter Seide bespannt. Die stuckatierte Decke war mit Fresken bemalt. Der Kristallleuchter funkelte wie eine Wolke aus Diamanten und tauchte den Saal in ein festliches Licht. Ein leichtes Gruseln erfasste Claudine, als sie die Gemälde erblickte, die sich an den Wänden reihten. Sämtliche portraitierten Würdenträger zeigten die lippische Rose auf ihrer Robe. Es erinnerte sie an den eigentlichen Zweck ihres Kommens.

Der in der Saalmitte aufgestellte Tisch wirkte fast verloren. Ebenso die beiden davor platzierten Stühle. Allerdings war der Tisch ansprechend gedeckt. Mit einer weißen Tischdecke und gestreiften Stoffservietten.

„Bitte setzen Sie sich“, bat Clemens. Er rückte einen Stuhl für sie zurück. Vor ihr befand sich ein Teller, der von einer Porzellanhaube abgedeckt war. Sie wartete, bis ihr Gastgeber Platz genommen hatte.

„Bitte, greifen Sie doch zu!“, bat Clemens. Neugierig hob sie die Haube vom Teller. zum Vorschein kam eine Schale, gefüllt mit einer hellen Créme, die mit einer Limette verziert war.

„Was ist das?“, fragte sie.

„Ein Ananassorbet.“

„Mmmh. Woher wissen Sie, dass ich ganz verrückt nach Ananas bin?“

Clemens schmunzelte. „In der Hälfte all Ihrer Cupcakes gestern befand sich Ananas.“

„Stimmt, und in der anderen Hälfte war Schokolade.“

„Aber jetzt lassen Sie uns erst einmal anstoßen“, sagte Clemens. Er zog eine Flasche aus dem Sektkühler und schenkte ihnen ein. „Auf einen wundervollen Abend!“

Eigentlich hatte Claudine sich vorgenommen, heute nichts zu trinken. Aber der Tropfen schmeckte vorzüglich zu der Créme.

„Wieso sind Sie gekommen?“, fragte Clemens zwischen zwei Bissen.

„Na, weil Justus mich eingeladen hat. Aber irgendetwas stimmt heute nicht mit ihm, oder? Hat er gestern noch viel getrunken?“

„Nicht nur heute stimmt etwas nicht mit ihm. Und getrunken hat er nicht nur gestern.“

„Er wirkt so ... anders.“

Clemens spülte die süße Köstlichkeit mit einem Schluck Sekt hinunter. Dann sagte er: „Ich muss Ihnen etwas beichten. Ich habe ... also, ich habe Justus gedrängt, sie einzuladen. Ich ...“ Er schien zwanghaft zu überlegen, was er sagen wollte, und wie er es sagen sollte.

„Beichten? Das klingt spannend“, ermunterte sie ihn. Doch plötzlich sprang er vom Stuhl hoch. „Ich Idiot!“, rief er. „Ich hab den Ofen angelassen!“

Und schon stürmte er an ihr vorbei aus dem Saal. Was sollte sie davon nun wieder halten? Sie nutzte die Situation, um aufzustehen und zum Fenster zu huschen. Vielleicht würde sie von hier aus Imke entdecken und ihr zuwinken können, dass alles in Ordnung war. Von Imke war nichts zu sehen, aber dafür erregte der Lichtschein aus dem angrenzenden Zimmer ihre Aufmerksamkeit.

Die Tür war nur einen Spaltbreit geöffnet. Claudine sah sich um, ob die Luft rein war. Dann schob sie die Tür ein wenig weiter auf und schlüpfte hindurch.

Der Saal war mindestens so beeindruckend wie der erste. Der Kronleuchter war dunkel. Auch sonst brannte kein Licht. Die Helligkeit stammte allein von der riesigen Projektion an einer der Wände.

Neugierig trat Claudine näher. Sie entdeckte einen Beamer. Daran angeschlossen war ein Notebook. Sie beugte sich darüber und stellte fest, dass es sich bei der Projektion um eine Art Film handelte, der auf „Pause“ gestellt war. Was hatte das zu bedeuten?

Sie betätigte das Startsymbol, und der Film lief weiter. Es war eine Simulation. Sie zeigte die A2. Und was der schwarze Fleck, der sich auf der Strecke bewegte, bedeutete, wurde ihr sofort klar. Sie spürte, wie ihr Hals trocken wurde. Gleichzeitig schienen ihr spitze Eiszapfen in den Rücken zu stechen.

Sie hatte es geahnt! Moliere hatte mit dem Mord zu tun!

Plötzlich waren sie wieder da, die schrecklichen Bilder von gestern. Der tote Lkw-Fahrer. Die starr auf sie gerichteten Augen in seinem blutüberströmten Gesicht.

Sie biss sich auf die Faust, um nicht zu schreien.

„Ach, hier stecken Sie!" Sie fuhr herum und sah die Gestalt auf sich zukommen – und das Messer.

Jetzt konnte sie den Schrei nicht mehr zurückhalten.

Kapitel 18:
„Der Aperitif – mit Bedacht gewählt – ist der Ausgangspunkt eines jeden exquisiten Menüs.“

Was hatte er jetzt wieder verbrochen? Seine Besucherin schrie, als würde der Leibhaftige vor ihr stehen. Sie starrte ihn an, die Augen weit aufgerissen vor Entsetzen.

„Was ist passiert? Was ...?“ Er machte den Fehler, einen weiteren Schritt auf sie zuzugehen.

Sie wich zurück. „Bit... bitte!“ Offensichtlich hatte sie in der Zwischenzeit, während er sich um den Backofen gekümmert hatte, einen partiellen Sprachausfall erlitten.

„Kommen Sie keinen Schritt näher!“, brachte sie schließlich hervor.

„Aber warum nicht? Ich tue Ihnen doch nichts!“

„Ach nein? Und was ist mit dem Messer?“

„Messer?“ Er hob die rechte Hand und entriss ihr damit einen weiteren Schrei. „Das ist kein Messer. Das sind saubere Dessertlöffel.“

Er spürte geradezu körperlich, wie sie sich entspannte. „Wollen wir nicht wieder nach drüben gehen und uns zu Tisch setzen?“

Sie nickte. Dann aber wies sie auf die Wand, auf der noch immer die Simulation ablief. „Was hat das zu bedeuten?“

Er seufzte. „Das wollte ich Ihnen eigentlich beichten. Also: Ich habe Sie hierhergelockt. Mit Justus’ Hilfe.“

„Das ist mir schon klar. Aber warum? Und was haben Sie vor?“ Sie schien noch immer nicht restlos von seiner Harmlosigkeit überzeugt. Er drehte den Spieß um und antwortete mit einer Gegenfrage: „Warum glauben Sie, dass ich Ihnen etwas antun will?“

„Na ja, immerhin habe ich Sie im Präsidium gesehen. Ich bin davon ausgegangen, dass Herr Kopsieker Sie verhören wollte, weil sie irgendetwas mit der verschwundenen Küche zu tun haben.“

„Die Küche hat mich kein bisschen interessiert! Mir ging's nur um den verschwundenen Lkw."

„Haben Sie mit dem Verschwinden zu tun gehabt? Sagen Sie ausnahmsweise mal die Wahrheit!"

„Ich sage immer die Wahrheit. Also, warum fürchten Sie, ich könne ich Ihnen etwas antun?"

„Na gut!" Im Handumdrehen ging sie aus der Verteidigung zum Angriff über. Ihre Augen blitzten. „Weil der Schlüssel, den ich bei Kopsieker gesehen habe und um den er einen Heidenaufstand machte, zum Portal dieses Schlosses gehört! Und Sie, das weiß ich von Justus, haben Ihren verloren!"

Allmählich begriff Clemens. „Das – das ist erstens sehr interessant und zweitens ein sehr großes Missverständnis. Aber jetzt begreife ich die Sache mit dem Schlüssel." Er erzählte ihr von Matze, und was der ihm erzählt hatte. „Der Schlüssel wurde auf dem Rastplatz gefunden. Ich vermute, dass der Entführer ihn verloren hat. Vielleicht gab es ja ein Handgemenge ..."

„Und warum dann der Streit zwischen Kopsieker und Dr. Schneider?"

„Ich kann mir denken, dass das eine politische Sache ist. Stellen Sie sich vor, die jetzigen Besitzer des Schlosses würden mit dem Verbrechen in Verbindung gebracht ..."

„Das werden sie noch!", versetzte Claudine kalt. „Erst ging es nur um Raub, doch seit gestern um Mord. Da gelten keine Rücksichten mehr."

„Ja, ein scheußliches Verbrechen. Ich habe gehört, dass man den Fahrer tot aufgefunden hat. Darüber wüsste gern mehr."

„Ich kann Ihnen alles ganz genau erzählen, wenn Sie darauf Wert legen."

„Sie?"

„Ja, wer sonst? Schließlich bin ich diejenige, die die Leiche gefunden hat."

Sie saßen wieder im Speisezimmer, und Clemens hörte ihr zu. Sehr genau hörte er zu. Bereits zum zweiten Mal schilderte Claudine den Ort, an dem sie den Lkw gefunden hatte. Clemens hing an ihren Lippen. Er bewunderte sie für ihren Mut und fragte sich, ob auch er mitten in der Nacht im Wald herumspaziert wäre. Gut, in ihrer Lage hatte sie nicht viele Möglichkeiten gehabt, aber mutig war ihr Verhalten dennoch.

Er schenkte Sekt nach. Mittlerweile hatte er schon die zweite Flasche geöffnet.

Als sie erzählte, wie sie in den Lkw geklettert war, griff er mitfühlend nach ihrer Hand. Sie erzitterte leicht unter der Berührung, ließ ihn aber gewähren.

„Das muss alles sehr schrecklich für Sie gewesen sein", sagte er.

Sie entzog ihm die Hand. „Ja, und ich habe noch immer daran zu knabbern."

„Das tut mir sehr leid. Aber ich begreife nach wie vor nicht, was Sie mit der ganzen Sache überhaupt zu tun haben?"

„Na und Sie, was haben Sie damit zu tun?"

„Ich bin Versicherungsdetektiv", eröffnete er ihr. „Mein Auftrag war es, den Lkw wiederzufinden. Das hat sich ja nun erledigt."

Sie wies in den benachbarten Saal. „Und wieso spielen Sie dann noch irgendwelche Szenarien nach?"

„Das Szenario, wie Sie es nennen, betrifft den zweiten Lkw, den, der ausgeraubt wurde. Für die Versicherung ist die Sache aufgeklärt. Aber warum wurde noch eine Küche gestohlen? Und wie sollte das während der Fahrt geschehen sein, was der Fahrer ja steif und fest behauptet. Was ist an den Küchen so wertvoll? Wobei wir wieder bei der Frage wären, was Sie antreibt, sich in dem Fall zu betätigen"

„Ganz einfach", sagte sie. „Mir gehören die Küchen. Oder vielmehr meiner Familie."

Es war das zweite Mal an diesem Abend, dass sie Clemens Kinnlade runterklappen sah. Und wieder musste sie ihm alles ganz genau schildern. Von Anfang bis Ende.

Irgendwann öffnete er die dritte Flasche Sekt.

„Und nun, was machen wir jetzt?", fragte Claudine schließlich ratlos. „Wir haben einen Toten, einen wiedergefundenen Lkw, aber noch immer keine der vermissten Küchen."

„Und was sagt Ihre Großtante – ich meine, die Queen dazu?"

Sie will, dass ich abreise, Sofort. Sie meint, dass Ganze sei inzwischen zu gefährlich für mich."

Clemens bemerkte, dass sie leicht nuschelte. Den französischen Akzent hörte er nun deutlich heraus. Er fand es … nett. Nett? War ‚nett' das richtige Wort? Oder drückte er sich nur vor einem Eingeständnis? Er nahm seinen ganzen Mut zusammen.

„Ich finde Sie sehr anziehend, Claudine", gestand er ihr.

„So?" Das alte Misstrauen schlich sich wieder in ihren Blick. „Und was ist mit Holtkötter?"

„Harry Holtkötter? Was soll mit ihm sein?"

„Sie stecken mit ihm unter einer Decke, jawoll!"

„Unsinn! Ich hatte ihn anfangs in Verdacht, ja, aber in erster Linie habe ich seine Kochkünste bewundert."

Claudine stützte die Hände auf den Tisch. „Ich habe ihn auch sehr bewundert. Aber damit ist jetzt Schluss." Sie sprach es wie „Schlusch" aus. Dann ergriff sie das Glas und trank es in einem Zug leer. Clemens schenkte automatisch nach. Wieder leerte sie das Glas in einem Zug. „Und was jetzt?"

Clemens klatschte sich mit der Hand gegen die Stirn. „Ich Riesenrindvieh! Ich habe den zweiten Gang vergessen!"

Er sprang auf und lief in die Küche. Als er zurückkehrte, machte er ein verdrießliches Gesicht. „Es ist alles verkohlt."

„Was hätt's denn gegeben?"

„Schokoladenmousse. Der zweite Gang meines süßen Menüs. Extra für Sie ...“

„Süßes Menü? Wie süß. Irgendwie sind Sie auch süß.“ Sie kicherte.

„Finden Sie wirklich?“ War das jetzt ein Kompliment oder machte sie sich über ihn lustig? Dann fiel ihm noch etwas ein. „Moment! Es gibt ja noch einen dritten Gang!“

Wieder eilte er hinaus. Diesmal blieb er lange weg. Als er schließlich wiederkam, war Claudine am Tisch eingeschlafen. Er zögerte damit, sie aufzuwecken. Eine Weile betrachtet er ihr schlafendes Gesicht. Sie sah so friedlich aus ...

Abrupt öffnete sie die Augen und fuhr hoch. „Was ist passiert?“

„Gar nichts. Mein dritter Gang hat nur etwas länger gedauert, und Sie sind eingeschlafen. Zu recht. Ich bin kein sehr routinierter Koch.“

„Aber es riecht gut“, stellte sie fest.

„Ich dachte, als Abschluss eines süßen Menüs passt vorzüglich ein getrüffelter Brie.“

„Sie sind ein Genie!“

Ach was, jeder Sternekoch würde sich angesichts meiner Zusammenstellung gruseln.“

Er reichte ihr den Teller und wünschte einen guten Appetit. Diesmal verlief die Mahlzeit fast schweigsam. Erst am Ende bekannte Claudine: „Ich habe noch nie so etwas Leckeres gegessen.“

„Sie übertreiben.“

„Ich meine es ernst!“

„Na schön, ich nehme Ihr Kompliment dankend entgegen. Lassen Sie uns anstoßen!“

Aber die Flasche war leer. Claudine erhob sich. „Ich glaube, ich muss jetzt sowieso ...“

„Ach was, wir müssen uns unbedingt noch einen gemeinsamen Schlachtplan überlegen. Jetzt, wo wir zusammenarbeiten.“

„Tun wir das?“

„Ja, ich glaube doch. Das wird das Beste sein. Wäre doch gelacht, wenn wir beide mit vereinten Kräften den Fall nicht lösen können.“ Clemens fühlte sich bärenstark. Ob es am Sekt lag oder daran, dass er Madame Merci mit jeder Minute mehr ins Herz schloss, konnte er nicht sagen. Es war auch egal.

„Ich hole uns eine Flasche! Aus dem Keller.“

„Aus dem Keller?“

„Ja, der Kühlschrank ist leer. Justus holt den Nachschub immer aus dem Keller.“ Wo genau, das wusste er auch nicht. Aber er wusste, wo der Schlüssel hing, den Justus immer benutzte.

„Ich komme mit!“, entschied Claudine.“

„Auf keinen Fall! Sie bleiben hier!“

„Nein, ich will mit! Wir sind jetzt Partner, schon vergessen?“

Wo sie recht hatte, hatte sie recht. Sie hakten sich jeder beim andern ein und wankten in die Wohnung zurück. Justus ließ sich nirgendwo blicken. Wahrscheinlich schlief der schon wieder. Also nahm Clemens den Schlüssel an sich und führte Claudine zur Kellertür. Es ging ziemlich steil und tief hinab. Die Treppe endete an einem schnurgeraden Gang.

„Und wo ist jetzt der Sekt?“, fragte Claudine.

„Keine Ahnung. Ich schätze mal, wir müssen diesem Gang folgen.“ Der Platz reichte knapp aus, dass sie sich abermals unterhaken und nebeneinander weitertorkeln konnten.

Sie gelangten in ein riesiges Gewölbe. Es war vollgestellt mit Regalen, in denen Wein- und Sektflaschen lagerten.

„Ihr Freund Justus hat ja einen riesigen Weinkeller.“

„Ja, das wundert mich auch.“ Misstrauisch zog Clemens eine der Holzkisten aus dem Regal. Er öffnete sie und holte eine Flasche heraus.

Und plötzlich dämmerte ihm, dass der Keller gar nicht zu Justus’ Wohnung gehörte. Clemens las den Namen auf dem Etikett laut vor: „Harry Holtkötter Cuvee.“

„Der soll da bleiben, wo er ist!“, schimpfte Claudine.

„Ja, aber begreifen Sie denn nicht?“

„Was denn?“

Schlagartig war Clemens stocknüchtern. „Hier lagern Harry Holtkötters Weine zum Verkauf. Also hat auch Holtkötter Zugang zum Schloss. Sie haben mich wegen des Schlüssels verdächtigt! Aber auch Holtkötter muss einen Schlüssel zum Portal besitzen! Vielleicht sollten wir ihn mal fragen, ob er ihn verloren hat!

Kapitel 19:
„Ein guter Aperitif nimmt uns mit auf eine Reise."

Es fiel Claudine nicht leicht, erneut die „Taube" zu betreten. Zu frisch waren die Erinnerungen. Holtkötter hatte sich als Fiesling herausgestellt. Als totaler Fiesling sogar.

Deshalb war sie fast erleichtert, als seine Mitarbeiterin, das Iris-Berben-Double, und nicht Holtkötter selbst sie hereinbat.

Sie reichte Claudine die Hand. „Ich heiße übrigens Gertrud."

„Claudine."

„Ich weiß. Kommen Sie herein, Claudine. Ich habe Sie erwartet."

„Erwartet? Wieso das?"

„Ich wusste, dass Sie wiederkommen würden. Ich wusste nur nicht, wann."

Sie ging voran und führte Claudine in ein kleines Büro. Dort bat sie die Besucherin, Platz zu nehmen. „Möchten Sie einen Kaffee? Einen Cappuccino?"

„Nein danke, ein Glas Wasser genügt." Claudines Mund fühlte sich trocken an. Während Gertrud – es fiel ihr noch immer schwer, die Frau so zu nennen, selbst in Gedanken – zum Kühlschrank ging, nahm Claudine sie in Augenschein. Gertrud trug ein schlichtes dunkles Businesskostüm, das ihre noch jugendliche Figur perfekt betonte. Nein, so schlicht war das Kostüm gar nicht. Je genauer sie es betrachtete, desto deutlicher wurde ihr bewusst, dass Gertrud nicht von der Stange kaufte.

Sie servierte Claudine die Wasserflasche und stellte ein Glas daneben. Die Handgriffe wirkten sehr routiniert.

Nachdem sie sich ebenfalls gesetzt hatte, fragte Gertrud: „Also, was wollen Sie von uns?"

„Herr Holtkötter hat bei meinem ersten Besuch angedeutet, dass er Schadenersatz für die nicht gelieferte Küche fordern will."

„Dazu hat er allen Grund. Harry hat hoch dotierte TV-Verträge zu erfüllen. Ihre Küche sollte eine zentrale Rolle in seiner neuen Sendung spielen."

Gertrud trommelte nervös mit den Fingern auf der Tischplatte. Der Mittelfinger war mit einem Brillantring geschmückt. Das war mindestens ein 2,5-Karäter.

Gertrud bemerkte ihren Blick und lächelte. „Harry weiß, wie man eine Frau erobert." Sie hob die Hand, spreizte die schlanken Finger und betrachtete versonnen das glitzernde Kleinod.

„Ah ja? Gehören dazu auch unmoralische Angebote?"

„Das hat Harry nicht nötig. Er ist ein Gentleman."

„Ein schöner Gentleman! Sie haben doch selbst gesehen, wie er mir an die Wäsche wollte!"

„So? Habe ich das? Ich habe nur gesehen, dass Sie sich ihm halbnackt an den Hals geworfen haben."

„Das ist infam!"

„Schätzchen", lächelte Getrud herablassend. „Glauben Sie wirklich, ich lasse zu, dass so ein Küken wie Sie mir meinen Harry ausspannt? Glauben Sie mir, er ist bei mir in guten Händen. Nacht für Nacht ..."

„Ich verstehe", sagte Claudine. Sie stürzte einen Schluck Wasser hinab. „Das alles wollen Sie nicht mehr missen." Sie wies auf den Ring, auf das Kostüm. „Das haben Sie nicht bei C&A gekauft, oder?"

„Harry und ich fahren einmal im Monat nach Paris. Karl ist ein guter Freund von Harry ..."

„Klar, aber geschenkt hat Karl ihnen den Zwirn deshalb noch längst nicht. Und der rote Lamborghini draußen vor der Tür?"

„Mein Zweitwagen. Was wollen Sie eigentlich mit Ihren dummen Fragen bezwecken? Höre ich da etwa Neid heraus?"

Claudine schüttelte den Kopf. „Nein", sagte sie schließlich. „Ich empfinde höchstens Mitleid. Nur weiß ich nicht, wen ich mehr bedauern soll: Harry oder sie. Ihnen kommt es doch nur auf seine Geschenke an. Sie saugen ihn aus! Das gute Leben, das er Ihnen bietet ..."

„Was wissen Sie denn schon von meinem angeblich so guten Leben?", blaffte Gertrud und fuhr von ihrem Stuhl hoch. „Vier Tage je Woche stehe ich von früh morgens bis spät abends hier im Restaurant. Und an den übrigen Tagen halte ich hier die Stellung, während Harry von einem Termin zum anderen hastet ..."

„Vielleicht müsste er das ja gar nicht, wenn Sie nicht so anspruchsvoll wären?"

„Das ist eine Unterstellung. Ich glaube, Sie sollten jetzt lieber wieder gehen."

„Wenn Sie wollen. Ich wollte sowieso zur Polizei ..."

„Polizei? Was soll das heißen?" Gertrud holte eine Zigarette hervor und steckte sie sich an. Sie schien nervös. „Wollen Sie mir drohen?"

„Die Frage, die mich brennend interessiert, ist die, woher Herr Holtkötter das nötige Geld hat, um jemanden wie Sie auszuhalten. Mit der „Taube" verdient er jedenfalls längst nicht genug. Ich habe mich erkundigt ..." Das war ein Bluff, aber ein nicht allzu gewagter. Kaum jemand verdiente heutzutage in der Gastronomie noch gutes Geld. Und ein Sternekoch erst recht nicht. Je höher das Niveau, desto höher die Ansprüche der Gäste und desto höher die Unkosten.

„Na, durch seine Fernsehauftritte natürlich."

„Und wie laufen seine Weine?"

„Seine Weine? Wie kommen Sie denn jetzt darauf? Das sind doch nur Peanuts."

Claudine beschloss, endlich die Karten auf den Tisch zu legen. „Harry Holtkötter besitzt einen Schlüssel zum Portal des Detmolder Schlosses."

„Ja und?" Allmählich werden Sie mir lästig mit Ihrer Impertinenz.

„So ein Schlüssel wurde bei dem toten Lkw-Fahrer gefunden."

In diesem Augenblick wurde dir Tür aufgerissen. Harry Holtkötter stürmte mit hochrotem Kopf ins Büro. „Gertrud, ich habe dir schon tausendmal ..." Er stoppte mitten im Satz. Sein Gesicht verdüsterte sich noch mehr, als er Claudine erkannte.

„Was wollen Sie denn hier? Ist meine Küche endlich aufgetaucht?"

Gertrud kam Claudine zuvor. „Beruhige dich erst mal, Maus. Aufregen kannst du dich hinterher. Diese Dame behauptet, du habest dir die Küche selbst unter den Nagel gerissen, um möglichst viel Geld herauszuschlagen. Nebenbei hast du ihr zufolge noch den Fahrer auf dem Gewissen. Während du den Mord verübt hast, ging angeblich dein Schlüssel verloren ..."

Selbst einem Harry Holtkötter konnte es die Sprache verschlagen. Er starrte Gertrud offenen Mundes an. Dann blickte er drohend auf Claudine hinab. „Das behauptet sie?" Das „sie" klang so verächtlich, als würde er über eine verdorbene Speise reden. Oder über eine Made im Essen.

„Und sie sagt, ich würde dich aussaugen und daher wärst du völlig pleite."

„Unerhört!" Während er Claudine mit einem bodenlos abfälligen Blick bedachte, stellte er sich neben Gertrud, schlang den Arm um ihre Taille und küsste sie auf die Wange. Irgendwie fühlte sich Claudine plötzlich fehl am Platz. Hatte sie sich etwa dermaßen geirrt?"

„Also, Schatz, hat sie recht?"

„Natürlich nicht!" Holtkötter klang äußerst ungehalten.

„Ich meine, vermisst du einen deiner Schlüssel?" Gertrud lächelte süffisant.

„Jetzt fängst du schon wieder mit dem verdammten Schlüssel an!"

„Also? Vermisst du einen?"

„Nein, Herrgott noch mal!"

„Sie haben im Detmolder Schloss einen Teil des Kellers für Ihre Wein-Kollektion angemietet. Also haben Sie auch einen Schlüssel zum Portal."

„Ja und? Was soll damit sein?", fauchte der Sternekoch.

Gertrud empfahl: „Hol ihn doch einfach her und zeig ihn der Dame."

„Warum sollte ich das tun?"

„Weil das die einfachste Methode ist, ihre Unterstellungen zu widerlegen. Wenn du nicht gehst, muss ich es tun." Gertrud setzte ein bezauberndes Lächeln auf.

Holtkötter schmolz dahin. Er wirkte plötzlich wie ein Hündchen. Claudine fand ihn nur noch widerwärtig. Wie hatte sie sich nur so in diesem Kerl täuschen können.

Während Holtkötter verschwand, sagte Gertrud. „Sie sehen, zwischen ihn und mich passt nicht das Blatt einer Speisekarte. Er frisst mir aus der Hand."

„Ja, selbst wenn es Gift wäre."

Dann herrschte nur noch eisiges Schweigen zwischen ihnen. Claudine war froh, als Holtkötter endlich wiederkam. Er wirkte sichtlich betroffen, als er Gertrud Bericht erstattete: „Ob du es glaubst oder nicht, ich finde den verdammten Schlüssel nicht."

Claudine erhob sich. „Ich gehe dann mal", sagte sie. „Ich hoffe, Sie finden den Schlüssel noch. Irgendwann. Au revoir."

Sie spürte die Blicke der beiden wie Eisdolche in ihrem Rücken.

Diese Runde ging an sie.

Kapitel 20:
„Ohne Aperitif kein Reiz. Ohne Reiz kein Appetit."

„Was wollen Sie von meinem Mann?" Die Frau, die Clemens die Tür öffnete, musterte ihn misstrauisch. Ihre Haare waren zu Locken gedreht und hellblond getönt, die Lippen grellrot angemalt, und um ihre Oberweite spannte sich der Stoff eines rosafarbenen Frottee-Hausanzugs. In der linken Hand hielt sie eine brennende Zigarette, im rechten Arm ein schreiendes Baby.

Bevor Clemens antworten konnte, rief eine Männerstimme aus dem hinteren Bereich der Wohnung: „Wenn das wieder so'n Zeitungsheini ist, wimmle ihn ab!"

„Haben Sie das verstanden?", fragte die Blonde.

„Schon, aber ich bin kein Zeitungsheini. Ich bin Versicherungsdetektiv und an Informationen interessiert." Ihr Blick wurde abweisend. Rasch fuhr Clemens fort: „Als Belohnung für brauchbare Informationen winkt ein hübsches Sümmchen. Auch Sie könnten davon profitieren."

„Pro... was?"

„Geld. Sie könnten sich etwas verdienen."

Das war offensichtlich das Zauberwort. „Kommen Sie rein", sagte sie. „Aber putzen Sie sich die Schuhe ab. Ich hab keine Lust, hinter jedem herzuwischen."

Clemens gehorchte. Als er die Wohnung betrat, fragte er sich allerdings, wer hier wann das letzte Mal geputzt hatte. Oder überhaupt etwas weggeräumt. Überall türmte sich der Müll. Aber schließlich war er nicht vom Ordnungsamt. Ihn führte eine eine andere Angelegenheit hierher.

Die Frau geleitete ihn in die Gute Stube und sagte: „Da isser."

„Verpiss dich", sagte „Mütze". Er meinte damit Clemens. Auf seinem Scheitel saß eine zerschlissene Arminia-Kappe. So speckig und dreckig wie sie aussah, stammte die bestimmt noch aus besseren Zeiten. Wahrscheinlich trennte er sich noch nicht mal im Bett von ihr. Daher der Spitzname.

„Mütze“ hieß eigentlich Jürgen. Jürgen Krawinski. Er saß breitbeinig auf einem zerschlissenen roten Sofa und guckte Fernsehen. Auf dem Tisch vor ihm reihte sich eine Batterie von Bierflaschen. Die meisten waren geleert.

„Ich lass euch dann mal allein“, sagte die Frau und ließ Clemens stehen.

„Was willst du?“, fragte Mütze und schaute Clemens mit wässrigen Augen unfreundlich an. „Seit der Sache mit der Küche hab ich keine ruhige Minute mehr. Die Zeitungsheinis rennen mir die Bude ein. Nur zahlen will keiner. Dabei ist das eine Bombenstory.“

Clemens stellte sich vor. Als er andeutete, dass im Erfolgsfall auch Geld fließen würde, wurde Mütze redselig. Clemens stoppte ihn schon nach den ersten Sätzen.

„Erzählen Sie mir keine Märchen. Sie gucken zu viel Fernsehen. Und auch im Internet kursieren diverse Videos, wie Gangster während der Fahrt einen Lkw ausrauben. Die Vorgehensweise der Banden ist immer gleich: Sie fahren zu den verkehrsarmen Zeiten, also meistens mitten in der Nacht, ohne Licht von hinten direkt an den Truck heran und halten dessen Geschwindigkeit ein. Etwa so, als wären sie ein weiterer Anhänger. Aus dem Seitenfenster oder durch das Schiebedach klettern sie dann in einem filmreifen Stunt auf die Motorhaube des eigenen Wagens und setzen von dort auf den Lkw über. Sie dringen mit Gewalt in den Laderaum ein. Dann reichen sie die Beute von Hand zu Hand nach hinten weiter und lassen sie im eigenen Fahrzeug verschwinden. Der Raubzug dauert in der Regel nur wenige Minuten und wird vom Lkw-Fahrer meistens nicht bemerkt.“

„Genauso war’s wahrscheinlich!“, bekräftigte Mütze.

„Ja, diese Überfälle haben zugenommen. Entscheidend ist aber, dass die Täter es meistens auf Kleinteile wie Handys oder Notebooks abgesehen haben.“

„Siehste!!“

„Nichts siehste. Was mit Handys und dergleichen möglich ist, funktioniert noch lange nicht mit schweren Küchenteilen. Geld gibt’s nur, wenn Sie mit der Wahrheit herausrücken.“

„Glaubst du, ich lüg dir was vor?“ Mütze stammte sich aus dem Sofa hoch und baute sich drohend vor Clemens auf.

„Setzen Sie sich wieder. Und hören Sie sich meine Version an, okay?“

Mütze war anzusehen, dass er zwischen einem Wutausbruch und Resignation schwankte. Schließlich ließ er sich zurück aufs Sofa sacken, öffnete eine weitere Bierflasche und fragte misstrauisch: „Aber Geld gibt’s trotzdem, oder?“

„Falls sich herausstellt, dass Sie nichts verbrochen haben, vielleicht. Versprechen kann ich aber nichts.“ Clemens beschloss, bei der Wahrheit zu bleiben. Es reichte, wenn einer im Raum log, dass sich die billigen Laminatbretter bogen.

„Irgendwo zwischen Rheda-Wiedenbrück und Herford sind Sie von der A2 abgebogen. Ich denke mal, gleich bei Gütersloh. Unweit der Autobahnabfahrt befindet sich das ‚Moulin Blu‘“.

„Mulin was? Nie gehört.“

„Aber schon drin gewesen, was? Hören Sie auf zu flunkern. Wenn es nicht das ‚Moulin Blu‘ war, dann eines der anderen sechs Bordelle entlang der Route.“

Mütze griff nervös zur Fernbedienung und zappte. Bei irgendeinem Musiksender blieb er hängen.

„Ich kann das, was ich herausgefunden habe, auch der Polizei melden“, bluffte Clemens.

Auf der Mattscheibe flimmerte ein Schwarz-Weiß-Video. Lana del Ray besang die Westcoast. Sonnenuntergang, Palmen, lachende junge Typen. Ein Hauch von Wehmut und Ferne. Mütze wies auf den Fernseher: „Guck ma, die Schlampe. Von so was hab ich früher geträumt. Stattdessen musste ich die dumme Kuh anlachen.“ Er wies auf die Tür, hinter der sich seine Frau befand. Man hörte immer noch das Baby schreien. „Die sah auch mal besser aus.“

„Mir kommen die Tränen. Und deshalb gehen Sie in den Puff?“

„Nicht oft. Dafür hab ich gar nicht genug Kohle. Aber manchmal muss ich hier raus, verstehst du? Glaubst du, ich wohn gern hier in der Plattensiedlung?“ Wieder wies er auf das Video: „Deshalb bin ich Trucker geworden. Die große weite Welt! Amerika! Davon hab ich immer geträumt. Stattdessen fahre ich jede Woche ein paarmal die Strecke Saarland-Hamburg und zurück. Das verfolgt mich schon bis in die Träume. Willste auch ein Bier?“

Clemens nickte. Solange er nicht aus einem der versifften Gläser trinken musste, die in Reichweite standen, war das in Ordnung, Mütze öffnete eine weitere Flasche und reichte sie ihm. Sie stießen miteinander an.

„Im ‚Moulin Blu‘ war ich nur zwei Mal.“

„Einmal zu viel.“

„Kannste laut sagen. Als ich fertig war und wieder losfuhr, hab ich erst gar nichts gemerkt. Aber am Bielefelder Berg merkte ich auf einmal, dass ich alle überholen konnte. Da bin ich stutzig geworden und hab auf dem nächsten Rastplatz erst mal nachgeguckt. Die ganze Ladung war weg! Ich konnte doch keinem erzählen, dass ich im Puff war! Speckbrock hätte mich hochkantig rausgeworfen. Der ist sowieso schon schwer angefressen wegen des ersten Überfalls. Und wenn meine Alte das erfahren hätte, na dann gute Nacht.“

Clemens konnte ihn gut verstehen. „Also erfanden Sie die Story, dass man Sie während der Fahrt ausgeraubt hätte und manipulierten nebenbei noch den Fahrtenschreiber.“

Mütze winkte ab. „Das hätte ich sowieso gemacht. Kein Ding.“

Clemens überlegte. Jetzt wusste er zwar, wie es gelaufen war, aber mehr nicht.

„Haben Sie irgendeine Idee, warum man Ihnen die Fracht geklaut hat?“

Mütze nahm die Kappe ab und kratzte sich die fettigen Haare. „Nee. Wahrscheinlich waren’s Polen. Die verticken die Küche dann hinter der Grenze.“

„Liegt nahe“, sagte Clemens. „Trotzdem wäre das ein enormer Aufwand.“ Er selbst hegte einen anderen Verdacht. Nach einer Kunstpause sagte er ruhig: „Kann es ein, dass Ihr Boss dahintersteckt?“

Mütze zögerte. Dann jedoch verzog den Mund zu einem dünnen Grinsen. Er warf Clemens einen listigen Blick zu. „Wie war das noch mit der Belohnung?“

Clemens zog sein Portemonnaie und griff einen Hunderter heraus. Seufzend legte er den Schein auf den schmierigen Tisch. Hoffentlich war das Geld gut angelegt.

„Also, ich sag dir jetzt was. Das bleibt aber unter uns, klar?“

„Abgemacht“, flunkerte Clemens.

„Speckbrock und Schlürschluck waren dickste Freunde. Die sind jedes Wochenende zusammen in die Spielbank gefahren. Gewonnen haben die selten, aber trotzdem hatten sie immer wieder Kohle. Das ist doch komisch, oder?“

Speckbrock also! Jetzt wusste Clemens zumindest, wer der Unbekannte gewesen war, der Schlürschluck immer begleitet hatte.

„Ja, sehr komisch“, bestätigte Clemens. „Diese Art der Geldvermehrung würde ich auch gern beherrschen.“

„Und ich erst“, sagte Mütze und strich den Hunderter ein. „So’ne Familie geht ganz schön ins Geld.“

„Hm, ja, aber insgesamt ist mir das noch etwas zu vage. Haben Sie eine Ahnung, woher das Geld stammen könnte?“

„Schwarzgeld. Es gibt immer mal wieder Touren, die inoffiziell vonstatten gehen, verstehste? Und von dem Profit hat Speckbrock das meiste verzockt. Ich denk mal, er hat meistens seinen Kumpel Schlürschluck vorgeschickt, damit er selbst schön seine weiße Weste anbehalten konnte, falls es mal auffallen sollte. Spielsüchtig waren die aber beide. Die haben sogar in der Frühstückspause um Geld gespielt. Beim Maumau.“ Mütze setzte die Flasche an die Lippen und leerte den Rest Bier darin auf einen Zug. „So, ich denke, jetzt sind wir quitt, Kumpel. Moment, eins kann ich dir noch erzählen: Weißte, warum der Schlürschluck Schlürschluck hieß?“

„Das hat mir schon einer Ihrer Kollegen erzählt.“

„Aber auch, dasser immer nur Martini trank? Wollte auf ganz nobel machen, der Herr. Hat sich den immer frisch gemixt, so wie James Bond, weißte? Mit ’ner Olive obendrauf. Er hat immer gesagt: Zu jeder Fuhre gehört ein guter Martini. Ist doch tragisch, oder?“

„Wieso tragisch?“

„Na ja, ich stell mir so vor, wie er sich vor seiner letzten Fuhre auch so’n Cocktail gemixt hat. Das war dann sein letzter. Jetzt isser tot.“

„Der Aperitif zum Mord“, sagte Clemens. „Sie haben recht: tragischer geht’s nimmer.“

Kapitel 21:
„Der richtige Aperitif kann einen Toten zum Leben erwecken. Will sagen: Bei einem Kostverächter die Lust am Genießen hervorzaubern.“

„Warum eröffnest du eigentlich kein Café für Hunde? Guck, Lotte ist mal wieder ganz gierig auf die Krümel.“

„Willst du mich auf den Arm nehmen?“, antwortete Claudine gereizt.

Es war ein regnerischer Nachmittag. Ein Nachmittag, den man mit einem guten Buch im Bett verbrachte oder an dem man es sich in ein gemütliches Café zurückzog und bei einem warmen Latte Macchiato die Regentropfen am Fenster zählte. Trotzdem war das „Sugar Love“ gähnend leer. Wahrscheinlich verbrachten die Kundinnen den Tag tatsächlich im Bett. Oder sie testeten die Konkurrenz. Treuloses Pack!

Aber nicht nur das Wetter war zum Davonlaufen. Claudine hatte nachgedacht. Die ganze schlaflose Nacht über. Ihr Leben war nicht mehr das, was sie sich vorgestellt hatte. Und ob sie es wahrhaben wollte oder nicht: Das hatte mit Harry Holtkötter zu tun. Aber auch mit Justus. Und mit Clemens. War sie denn wirklich so blöd? Sie brauchte Abstand. Urlaub! Aber das war Utopie. Gerade jetzt konnte sie doch hier nicht einfach alles stehen und liegen lassen.

„Nein, ich meine das im Ernst“, beharrte Imke. „Ein Hundecafé gibt es noch nicht in Bielefeld. Natürlich soll es nicht nur für Hunde sein, sondern auch für Herrchen und Frauchen. Das würde bestimmt der Renner!“

„Du bist verrückt!“ Das war alles, was Claudine dazu einfiel.

Bevor noch ein richtiger Streit daraus werden konnte, wechselte Imke das Thema: „Du warst gestern Abend ja ziemlich lange im Schloss. Willst du vielleicht jetzt endlich erzählen, was passiert ist?“

Claudine seufzte. Am Abend vorher hatte sie nichts mehr verlauten lassen. Sie war hundemüde gewesen und hatte sich nur noch gewollt, dass Imke sie nach Hause fuhr. „Ach, Immi, es ist alles so schwierig. Dabei könnte es so einfach sein, wenn man nur gefühllos auf die Welt gekommen wäre."

„So wie die Männer also? Nee, danke, ich habe lieber Gefühle und dafür eine Menge Kummer. Aber auch eine Menge Lust und Freude."

„Eben: wo ist dabei die Freude geblieben? Oder die Lust? Oder bin ich einfach zu alt dafür?"

„Ach, Claudi, mein Schatz!" Imke griff nach ihrer Hand und drückte sie mitfühlend. „Nimm dir einfach nicht alles so zu Herzen."

„Tu ich ja gar nicht. Und genau das ist vielleicht mein Problem." Sie schniefte. Es tat gut, jemanden wie Immi zur Freundin zu haben. Die zuhörte, wenn man es brauchte. Auch wenn man lauter Quatsch erzählte. „Ich bin in allem zu oberflächlich. Ich lasse nichts wirklich an mich ran. Auch keine Männer, verstehst du? Daher die Schwärmerei für Harry. Es war ja nichts Ernstes, solange er nicht aus Fleisch und Blut vor mir stand."

„Es sind immer die Männer, die uns Kummer bereiten!", bestätigte Imke.

„Und dann dieser Justus, diese Nullnummer. Ich habe mich einen Abend lang von ihm blenden lassen."

„Na und? Wenn weiter nichts passiert ist?"

„Vielleicht wäre ja was passiert, wenn nicht ständig Clemens um uns herumscharwenzelt wäre."

„Seit wann duzt ihr euch denn, du und der Königspudel?" Königspudel war in Claudines Freundinnenkreis inzwischen der gebräuchliche Name für Clemens.

Christine erzählte, was am Abend zuvor passiert war.

„Na gut, aber wie ich dich verstehe, seit ihr nur quasi geschäftlich ein Team, oder?"

„Trotzdem finde ich ihn nett.“

„Solange es nicht mehr ist als ‚nett‘ mache ich mir keine Sorgen. Du weißt doch, nett ist der kleine Bruder von Scheiße.“

„Er ist mehr als nett. Er ist interessant.“

„Also zum Gähnen! Und wie weit seid ihr heute gekommen mit eurem Fall?“

Claudine zuckte mit den Schultern. „Nicht weit.“ Sie erzählte von ihrem neuerlichen Besuch bei Holtkötter.

„Na siehst du! Er war's. Der Fernsehkoch braucht Geld, um seiner Tussi den luxuriösen Lebensstil finanzieren zu können.“

„Das sind alles nur Vermutungen, leider. Und viel mehr haben wir nicht.“

In diesem Augenblick klingelte das Handy. Claudine verdrehte die Augen. Sie hatte jetzt keine Lust, mit irgendjemanden zu sprechen. Imke ausgenommen. Dann fiel ihr ein, dass sie auch Clemens die Handynummer gegeben hatte. Er wollte sie anrufen, wenn er etwas Neues herausgefunden hatte.

Doch als sie die Nummer auf dem Display sah, wusste sie, dass sie keine Chance hatte, dem Anruf zu entrinnen. Es war die Queen.

„Ja?“, meldete sich Claudine mit müder Stimme.

„Was hast du erreicht?“

„Nichts.“

„Nichts? Hör zu: Ich habe heute morgen einen Brief von Holtkötters Anwalt in der Post gehabt. Dieser Raubritter verlangt tatsächlich Schadensersatz, wenn wir ihm die Küche nicht rechtzeitig für seine Sendung liefern. Mehr noch: Er droht, uns vor dem gesamten Fernsehpublikum bloßzustellen.“

Claudine spürte, wie ihre Lethargie allmählich in Empörung überging. „Dieses Ekel!“

„Ich darf dich daran erinnern, dass es deine Aufgabe war, das ‚Ekel‘ bei Laune zu halten“, versetzte die Queen schneidend. „Wenn wir Pech haben, geht unsere ganze Jubiläumskampagne nach hinten los."

„Ich weiß, und ich bin Schuld."

„Quatsch mit Maggi! Hör zu, einen Lichtblick es gibt es immerhin. Dein Freund Gunther ist aus dem Koma erwacht. Allerdings sagt der Arzt, dass er noch zu schwach ist, um verhört zu werden."

„Aber ein paar Fragen wird man ihm doch stellen dürfen, oder?"

Mehrere Augenblicke lang herrschte Stille. Dann sagte die Queen mit einer Stimme, die plötzlich ganz anders klang: „Du willst hierherkommen?" Ihre unverhohlene Freude war deutlich herauszuhören.

„Ja, denn Gunther ist mein letzter Strohhalm."

Vielleicht wusste er ja wirklich was. Vielleicht war es auch gar kein Zufall, dass ihm beim Verladen des Lkws etwas passiert war.

Sie hoffte nur, dass er nicht wieder etwas Dummes angestellt hatte.

„Und?" Imke sah sie erwartungsvoll an. „Was passiert jetzt?"

„Hilft du mir noch einmal aus der Patsche? Kannst du noch einmal ein paar Tage auf das Café aufpassen?"

„Liebend gern. Aber nur, wenn ich ab sofort auch für Vierbeiner servieren darf."

„Meinetwegen auch für Achtbeiner und Tausendfüßler. Hauptsache, der Laden brummt mal endlich."

Dann wählte sie selbst eine Nummer.

Als sie Clemens' Stimme hörte, wurde ihr gleich ein wenig wohler. Er klang so vertrauenswürdig. Ja, Clemens war ein Mann, auf den sie sich verlassen konnte.

Wie hatte sie sich nur dermaßen irren können?

Kapitel 22:
„Ein Aperitif macht nie betrunken, sondern nur Appetit."

Mit jedem Kilometer, den sie sich Saarbrücken näherten, verstärkte sich in Clemens das Gefühl, dass Claudine aufblühte. Selbst ihre Freundin Imke ließ sich davon anstecken.

Eigentlich war er nicht sehr begeistert gewesen, als Imke sich aufgedrängt hatte, mitzufahren. In letzter Sekunde hatte sie den Entschluss gefasst, das Café in Annaliesas Hände zu geben. „Ich habe die ganze Nacht kein Auge zugetan", hatte sie erklärt. „Ich lass dich nicht allein auf Verbrecherjagd gehen. Ich komme mit!"

Auch den Einwand, das Claudine ja nicht allein wegfuhr, sondern von Clemens begleitet wurde, hatte sie nicht gelten lassen. „Der hat keinen Polizeihund wie ich. Lotte passt auf uns alle auf, nicht wahr, Lotte?"

Der Hund hatte bejahend gewufft und erwartungsvoll mit dem Schwanz gewedelt.

Zu allem Überfluss hatte Imke auch noch darauf bestanden, den Chauffeur zu spielen. „Dann kann ich mich wenigstens nützlich machen", hatte sie mit arglos klingender Stimme geheuchelt. Doch Clemens hatte den Eindruck, dass sie in erster Linie ihm nicht traute.

Während Imke am Steuer saß, hatte Claudine auf dem Beifahrersitz Platz genommen. Clemens staunte, wie geräumig der Mini Cooper vorne war. Was den Rücksitz anging, so traf genau das Gegenteil zu. Obwohl er die Knie angezogen hielt und eine überaus unbequeme Schrumpfhaltung einnahm, kollidierte fast jedes seiner Körperteile mit einem Autoteil. Zumal auch noch Lotte sich auf der Rückbank breitmachte.

„Sie hat Flöhe", beklagte er sich. Es juckte ihn schon überall.

„Jeder gesunde Hund hat Flöhe", beruhigte ihn Claudine.

„Ich bin aber kein Hund!"
„Hab dich nicht so, wir sind gleich da."
„Gleich", das waren noch dreihundert Kilometer.
Hinter Bad Neuenahr kam die Sonne zwischen den Wolken hervor, und Claudine stimmte einen Chanson an. Imke fiel mit ein:
„Oh soleil ..."
Die beiden Frauen waren bester Laune. *Als wären sie auf einer Urlaubsfahrt*, grollte Clemens. Er selbst wurde immer missgelaunter. Vielleicht hätte er die beiden doch allein fahren lassen sollen. Am Vormittag hatte er Speckbrock einen weiteren Besuch abgestattet. Der hatte gestanden: Ja, er sei spielsüchtig, und ja, er sei zusammen mit Kalle Schlür Stammgast im Casino gewesen. Und er hatte geleugnet: Aber Schwarzgeld? Das müsse ihm erst mal einer nachweisen. Und mit dem Raub der Küche habe Kalle schon gar nichts zu tun gehabt. Das Geld, mit dem er vor seinem Tod so großzügig gewesen war, habe er im Casino gewonnen. Und was habe er davon gehabt? Nichts? Hier war Speckbrock wieder einmal in Tränen ausgebrochen.
Kurz bevor Clemens mit den beiden Frauen aufgebrochen war, hatte zu allem Überfluss auch noch sein Auftraggeber angerufen. Holtkötter machte Ärger. Man gab ihm, Clemens, noch zwei Tage, um die Küche wiederzubeschaffen. Dann würde man ihm den Auftrag entziehen und sich mit Holtkötter finanziell einigen.
„Sing mit!", rief Claudine
„Ich kann nicht."
„Los, du Trauerkloß!"
Clemens kniff die Lippen zusammen. Dann war er eben ein Trauerkloß und Spielverderber.
Er war froh, als sie endlich Saarbrücken erreichten und vor der Klinik parkten. Wie ein Taschenmesser musste er sich aufklappen, bevor es ihm gelang, ein paar Schritte vorwärts zu machen.

„Bist du sicher, dass wir keinen Rollstuhl holen sollen?“, zog Claudine ihn auf. Seit sie in ihrer alten Heimat war, wirkte sie wie ausgewechselt. Nein, wie neugeboren. Während sie auf das Gebäude zugingen, redete Claudine ohne Pause: „Das Lager liegt zwar in Türkismühle, dort ist auch der Unfall passiert, aber man hat Gunther gleich hierher in die Klinik gebracht ...“

Über diesen Gunther hatte sie während der Fahrt eine Menge erzählt. Mittlerweile kannte Clemens ihn besser als er Claudine kannte. Gunther Großkreuz kam aus schlechtem Elternhaus. Der Vater trank, die Mutter hatte die Familie verlassen, als Gunther drei Jahr alt gewesen war. Claudine und Gunther hatten denselben Kindergarten besucht, dann dieselbe Grundschule, schließlich dasselbe Gymnasium. In Mathe war sie eine Niete, Gunther hingegen war angeblich ein mathematisches Genie. Er hatte ihr immer bei den Hausaufgaben geholfen. Als er vorzeitig vom Gymnasium abgegangen war, hatten sie sich aus den Augen verloren. Seither hatte sie nur ab und zu etwas von Gunther gehört. Meistens nichts Gutes. Er hatte die falschen Freunde gefunden, war immer mehr auf die schiefe Bahn geraten. Vor drei Jahren hatte sie sich dafür eingesetzt, ihn in Türkismühle im Lager des Familienbetriebs zu beschäftigen. Für ihn war es wohl die letzte Chance gewesen. Und so, wie Claudine es erzählte, hatte er sie genutzt. Er machte seine Arbeit gut, war bei allen beliebt ... Und dann so etwas. Niemand hatte den Unfall gesehen. Gunther hatte den Wagen allein beladen. Erst ein paar Stunden später hatte man ihn ohnmächtig aufgefunden. Auf jeden Fall war es ein Unfall gewesen, das hatte der Sachverständige eindeutig festgestellt: Weil eine Kiste geklemmt hatte, war Gunther auf das Regal gestiegen und hatte versucht, sie zu lösen. Dabei waren weitere Kisten ins Rutschen geraten und hatten ihn unter sich begraben. Niemanden traf eine Schuld.

An der Empfangstheke der Klinik erkundigte sich Claudine nach der Zimmernummer. Die Schwester schaute auf ihren Bildschirm, gab den Namen ein und schüttelte schließlich den Kopf. „Ich darf leider nur engste Verwandte zu Herrn Großkreuz lassen."

„Aber ich dachte, es geht ihm wieder besser?" Claudine schaute hilfesuchend zu Clemens hin. Der zuckte mit den Schultern.

„Und Hunde sind hier verboten. Haben Sie das Schild nicht gesehen?" Die Schwester setzte eine strenge Miene auf. Ich muss Sie bitten, das Krankenhaus sofort zu verlassen!"

„Bitte, es liegt uns wirklich sehr viel daran, ihn zu sehen. Wir sind extra über fünf Stunden gefahren." Clemens sah die Schwester zerknirscht an.

„Also schön", gab sie sich geschlagen. „Aber der Hund wartet draußen!"

„Ich gehe ja schon", sagte Imke. „Viel Glück, ihr zwei." Sie verschwand Richtung Ausgang.

„Vierter Stock. Zimmer 14.", sagte die Schwester zu Clemens.

Sie hatten den vierten Stock erreicht. Die Aufzugtüren öffneten sich mit einem satten „Plopp". Als sie vor Zimmer 14 standen, bat Claudine: „Ich möchte erst einmal allein reingehen."

„Und warum?"

„Ich kann es dir nicht genau erklären. Vielleicht, weil Gunther und ich uns schon so lange kennen. Ich muss mit mir selbst ins Reine kommen."

„Aber dich trifft doch keine Schuld, dass er den Unfall erlitten hat."

„Ohne mich wäre er nicht im Lager beschäftigt gewesen."

Bevor Clemens erneut widersprechen konnte, hatte sie bereits die Tür einen Spaltbreit geöffnet und war hindurchgehuscht.

Während er wartete, fiel ihm auf, wie still es auf der Station war.

Er schaute auf die Uhr. Seit fünf Minuten weilte Claudine jetzt schon in diesem Zimmer. Fünf Minuten, die ihm wie eine Ewigkeit vorkamen. Er griff in die Tasche und holte die Dose mit der Notfallschokolade hervor. Seitdem er Claudine kannte, hatte er immer öfter danach greifen müssen. Ob das Zufall war? Oder sollte es ihm womöglich zu denken geben?

Zwei Pfleger kamen um die Ecke und grüßten. Clemens sah ihnen nach, bis sie am Ende des Ganges durch eine Tür verschwanden.

Er wartete weitere fünf Minuten. Dann klopfte er leise an die Tür von Nr. 14 und huschte ebenfalls hinein.

Das Zimmer war dunkel. Nur durch einige Lamellen fielen ein paar Sonnenstahlen hinein. Es summte und tickerte. Die Leuchtdioden der Apparaturen erinnerten ihn an Glühwürmchen. Es roch nach Desinfektionsmittel und Krankenhaus.

Nur zaghaft trat Clemens näher. Vor ihm zeichnete sich Claudines Gestalt schattenhaft ab. Sie saß neben dem Bett und hielt Gunthers Hand.

„Er ist wieder eingeschlafen“, sagte sie. „Ich bin froh, dass ich noch einmal gekommen bin.“ Ein Sonnenstrahl verlor sich auf ihrer Wange. Clemens sah, dass sie weinte. „Ich habe so das Gefühl, dass er nicht mehr erwachen wird.“

„Das ist doch Quatsch. Die Ärzte haben ihn doch auch bis jetzt durchgekriegt.“ Er fühlte sich hilflos. Wie zur falschen Zeit am falschen Ort.

„Ich bin froh, dass du bei mir bist“, sagte sie und fasste wieder nach seiner Hand. Mit der anderen hielt sie weiterhin Gunthers Hand. So saßen sie eine Weile schweigend da. Clemens begriff, dass sie Abschied nahm. Dann sagte sie: „Ich habe ihn gefragt, was passiert ist.“

„Und?“, fragte Clemens gespannt.

„Er hat einen Namen genannt: Justus.“

„Justus? Das ist jetzt ein Scherz, oder?“

„Nein. Ich habe es deutlich verstanden.“

„Dann ist es Zufall.“

„Und wenn nicht?“ Sie schaute ihn an, und noch immer glitzerten die Tränen auf ihren Wangen. Clemens holte sein riesiges Stofftaschentuch hervor und wischte ihr die Tränen fort.

Sie schniefte dankbar.

Und er kam sich ein kleines bisschen weniger hilflos vor.

Kapitel 23:
„Unter besonderen Umständen darf auf einen Aperitif auch mal eine flüssige Mahlzeit folgen."

„Danke, das war sehr nett von Ihnen, dass sie uns herumgeführt haben", sagte Claudine. Der Lagerleiter, ein Herr Kerich, kannte sie noch von früher. Hier im Lager hatte sie vor etlichen Jahren ihr Praktikum gemacht „Es hat sich viel verändert, nicht wahr?", fragte er stolz.

„Und zwar nur zum Besseren", bestätigte Claudine. Fast überkam sie dabei ein schlechtes Gewissen. Sie wünschte sich, sie hätte Zeit, sich darüber mit Clemens zu unterhalten. Clemens war ein guter Zuhörer, das schätzte sie inzwischen an ihm.

„Ich lasse Sie dann mal allein", sagte Herr Kehrer. „Wenn Sie noch Fragen haben, dann wissen Sie ja, wo Sie mich finden." Er nickte ihnen allen zu und entfernte sich.

„Nett, dein Herr Kerich", sagte Imke. Sie hatte es sich nicht nehmen lassen, mit ins Lager zu kommen. Selbst Lotte hatte eine Sondergenehmigung erhalten. Herr Kehricht hatte beide Augen zugedrückt.

Nach Türkismühle ins Küchenlager zu fahren, war Clemens' Idee gewesen. Er wollte sich den „Tatort", wie er es genannt hatte, angucken. Jetzt standen Sie allein inmitten der Regale und kamen sich ziemlich verlassen vor.

„Und?", wandte Claudine sich an Clemens. „Bist du immer noch überzeugt, dass Gunthers Unfall absichtlich herbeigeführt wurde?"

„Nein. So, wie die Sache aussieht, war es wohl wirklich ein Unfall." Der Lagerleiter hatte ihnen den mutmaßlichen Hergang genau erklärt. „Und trotzdem glaube ich, dass der Unfall irgendwie mit der ganzen Sache zu tun haben muss. Es ist doch komisch, dass Gunther ausgerechnet den Lkw beladen hat, der später entführt wurde. Und warum hat er den Namen Justus genannt?"

Claudine zuckte mit den Schultern. Clemens ließ die Schultern hängen.

„Ermittlungstechnisch steckt ihr in einer Sackgasse", stellte Imke sachkundig fest. Sie schaute jeden Fernsehkrimi. Lotte wuffte bestätigend.

„Ja, du hast recht, wir sollten unsere Bemühungen hier abbrechen. Wir sind halt nur Amateure." Als Claudine bewusst wurde, was sie gesagt hatte, fügte sie eilig hinzu. „Ich meine, ich bin ein Amateur. Clemens ist natürlich Profi."

Sie schaute zu Clemens, aber der schaute zu Lotte. Die ganze Zeit schon.

„Ist es eigentlich normal, dass Lotte ständig bellt?", fragte er.

Imke warf ihm einen zornigen Blick zu. Claudine kannte den Blick. So schaute Imke immer, wenn sie glaubte, Lotte verteidigen zu müssen. Clemens hingegen hob angesichts ihrer bösen Miene sofort erschrocken die Hände.

„Nichts gegen Lotte", beeilte er sich zu versichern. „Im Gegenteil. Sagtest du nicht, Lotte war früher Drogenspürhund?"

„Und zwar der beste! Ich zeig dir gern ihre Zeugnisse, wenn wir zurück sind."

„Nicht nötig. Ich glaub's auch so. Lotte ist vorhin beim Lagerrundgang einmal ziemlich ausgerastet."

„Das macht sie sonst nicht. Wahrscheinlich hat sie eine Maus gewittert", sagte Imke.

„Vielleicht aber auch etwas anderes", wandte Clemens ein.

„Worauf willst du hinaus?", fragte Claudine.

„Nur so ein Gefühl, dass alles mit allem irgendwie zusammenhängt. Was ist, wenn Gunther doch meinen Freund Justus gemeint hat?" Er schaute sich kurz um, ob jemand in der Nähe war, aber sie standen allein zwischen den Regalen. Weiter hinten bog ein Gabelstapler um die Ecke. Clemens wartete, bis er vorbeigesurrt war. Er räusperte sich. Dann fuhr er fort: „Sicherlich habt ihr es nicht mitbekommen, aber Justus ist ziemlich am Ende. Ich habe den Verdacht, dass er nicht nur dem Alkoholgenuss frönt."

„Du meinst Drogen?" Claudine dachte an den Abend nach dem Fest, als Justus sie an der Wohnungstür empfangen hatte. Sein Aufzug, sein Aussehen, sein plötzliches Desinteresse ihr gegenüber, überhaupt seine ganze Art ...

Clemens nickte. „Davon bin ich überzeugt."

„Ihr spinnt!", sagte Imke. „Euer gemeinsamer Freund klaut doch keine Küche, um dadurch an Drogen zu kommen!"

„Und wenn doch?" Claudine begriff, worauf Clemens hinauswollte. „Angenommen, in der Küche waren Drogen versteckt?"

Imke schüttelte trotzig den Kopf. „Dafür klaut man doch keinen Laster und bringt anschließend den Fahrer um!"

„Wir reden hier nicht über ein paar Joints", widersprach Clemens. „Sondern vielleicht über Heroin, Koks, keine Ahnung. Da kann es schon mal um sechsstellige Summen gehen. Außerdem wird das nicht ein einzelner ausgeheckt und ausgeführt haben. Justus war vielleicht nur ein Rädchen im Getriebe."

Endlich dämmerte es auch Imke. „Und du meinst, dass Lotte ...?

„Es käme auf einen Versuch an", sagte Justus. Claudine bemerkte, dass er die Stirn in Falten legte. So ganz sicher war er sich demnach nicht. Klar, es war nur eine Vermutung.

„Wir probieren es aus!", entschied sie. „Lass Lotte von der Leine!"

„Hier im Lager?", wandte Imke ein. „Meinst du wirklich? Sollten wir nicht erst Herrn Kerich fragen?"

„Er wird nichts dagegen haben, wenn ich es ihm im Nachhinein erkläre. Im schlimmsten Fall jagt Lotte wirklich nur ein paar Mäuse durchs Lager."

„Also schön, auf deine Verantwortung."

Claudine sah Imke an, dass diese sich nur höchst ungern auf das Vorhaben einließ.. Sie beugte sich hinab und löste Lottes Halsband.

Wie ein Blitz raste die Hündin davon. Selbst Claudine war überrascht, mit welchem Tempo die alte Dame an ihr vorbeischoss.

„Sie hat Blut geleckt!“, rief Clemens triumphierend. „Los, hinterher!“ Er selbst war der Erste, der die Verfolgung der Hündin aufnahm. Claudine und Lotte folgten.

An der ersten Regalkreuzung kam erneut ein Gabelstapler in Sicht. Lotte raste ungebremst darauf zu. Claudine hielt den Atem an. Imke kniff die Augen zu.

Doch Lotte war in ihrem Element. Als hätte sie ein Vollbad im Jungbrunnen genossen, sprang sie im letzten Moment wie ein Turnierpferd über die Zinken des Gabelstaplers hinweg. Der Fahrer geriet trotzdem ins Trudeln. Der Gabelstapler drehte sich einmal um die eigene Achse.

Nach hundert Metern ging Clemens die Puste aus. Claudine prallte von hinten auf ihn drauf. „Los, weiter!“, trieb sie ihn an, aber Clemens schüttelte den Kopf. „Ich glaube, wir müssen uns gar nicht beeilen“, keuchte er. „Weißt du noch die Stelle, an der sie vorhin so gebellt und an der Leine gezogen hat? Dort wird sie sein.“

Ein entferntes aufgeregtes Bellen gab ihm recht. Imke hastete dennoch weiter, als ginge es um Leben um Tod. Sie war in größter Sorge. Claudine konnte es verstehen. Dennoch blieb sie an Clemens' Seite, bis sie endlich das Regal erreichten.

Lotte stand davor und schlug an, als säße dort oben, irgendwo in einem der transportfertigen Kartons, der Leibhaftige gefangen.

Oder etwas ebenso Verderbenbringendes.

Der Kriminalkommissar nickte zustimmend. „Die Masche ist nicht neu. Aber sie ist erfolgreich und relativ risikoarm.

Natürlich beklage ich nicht, dass es keine Grenzen mehr gibt. Aber ein offenes Europa hat eben auch seinen Preis. Noch einen Kaffee?“

Claudine nickte dankbar, und auch Clemens sagte nicht nein. Sie hielten einander bei der Hand. Irgendwie fühlten sie beide, dass sie zusammengehörten. Vielleicht nicht für immer, aber jetzt auf jeden Fall.

Imke saß auf dem Stuhl neben Claudine. Sie war eingeschlafen und schnarchte leicht. Lotte lag zu ihren Füßen und wusste gar nicht, was in die Menschen um sie herum gefahren war. So viel Lob, Streicheleiheitern und Leckerlis hatten sie noch nie eingeheimst. Auch jetzt kaute sie an einem dicken Knochen herum und fühlte sich hundewohl.

Es war spät geworden, die Uhr über der Tür zeigte halb zehn am Abend. Der Kommissar oder Hauptkommissar, seinen genauen Rang hatte er nicht genannt, jedenfalls hieß er mit Nachnamen Auffenberg, war ein netter Polizist. Viel netter als Kopsieker. Aber gut, dachte Claudine, vielleicht waren sie bei der Drogenfahndung generell netter zu ihren Zeugen. Oder es hatte damit zu tun, dass sie im Saarland war. Es war ein angenehmes Gefühl, sich in heimatlichen Gefilden zu befinden Vielleicht hatte sie erst der Heimat für eine Weile entsagen müssen, um dieses Gefühl zu entdecken.

Auffenberg stellt zwei große Kaffeetassen vor sie hin. Dazu kredenzte er Milch. Nur Clemens trank ihn schwarz.

Sie hätten längst das Präsidium verlassen können, aber sie waren viel zu gespannt, was die Laborsuchungen ergeben würden.

Gleich nach Lottes Fund hatten sie die Polizei informiert. Spezialisten hatten schließlich die verladefertigen Kartons, auf die Lotte angeschlagen hatte, mitgenommen. Jetzt saßen sie seit Stunden in Auffenbergs Büro. Auffenberg war ein typischer Saarländer. Er war klein und drahtig, aber angesichts seiner roten Wangen hatte man nicht den Eindruck, dass er ein Kostverächter war. Ganz im Gegenteil. Claudine schätzte, das er wohl bald in den Ruhestand gehen würde. Und tatsächlich erzählte er ihnen von seiner Frau, seinem Haus und seinem Gemüsegarten, um den er sich bald mehr als bisher würde kümmern können.

Mehrmals hatten Claudine und Clemens ihm berichtet, was sie wussten. Und öfter noch, was sie nicht wussten.

Dafür hatte sich Auffenberg mit Anekdoten und Abenteuern aus seinem Spezialgebiet revanchiert. Nachdem er den frischen Kaffee ausgeteilt und sich selbst eine Pfeife angezündet hatte, fiel ihm wieder eine Geschichte ein:

„Vor ein paar Jahren haben die Kollegen vom Zoll bei einer Röntgenuntersuchung am Köln-Bonner Flughafen in insgesamt achtzehn Backgammon-Spielen Drogen entdeckt. Die Spiele waren nicht etwa Drogenverstecke – nein, sie bestanden aus Drogen. Es handelte sich um gepresstes Heroin, das wie Holz aussah. Hochreiner Stoff mit einem Gesamtgewicht von sechseinhalb Kilogramm und einem Schwarzmarktpreis von einer Million Euro."

Clemens pfiff durch die Zähne. „Und? Hat man die Hintermänner erwischt?"

„Natürlich! Glauben Sie denn, so eine Fährte lässt sich jemand entgehen? Das Rauschgift befand sich auf dem Weg vom Irak ins schweizerische Arbon. Um den Empfänger dingfest machen zu können, schickten die Fahnder die Ware weiter an ihren Bestimmungsort. Dort nahmen dann Schweizer Beamte den Täter fest."

„Glauben Sie, bei dem Küchentransport ist es ähnlich gelaufen?", kam Clemens wieder auf ihren gegenwärtigen Fall zu sprechen. Bislang hatte sich Auffenberg zu irgendwelchen Vermutungen nicht geäußert, aber nun überlegte er ernsthaft.

„Könnte durchaus sein ..."

Als wäre das Stichwort gefallen, klopfte es an der Tür und ein jüngerer Kripobeamter betrat das Büro. Er hob den Daumen und grinste breit.

„Bingo, Chef! Gerade kam der Schnellbefund aus dem Labor. Das Heroin befindet sich in den Zwischenwänden. Um welche Menge es sich handelt, muss noch genau untersucht werden. Aber erste Analysen deuten darauf hin, dass der Schwarzmarktwert von mehreren Millionen betragen wird."

Claudine klammerte sich noch ein bisschen fester an Clemens' Hand. Dann sprach sie aus, was alle dachten: „Also doch Gunther. Die Zwischenteile können nur von jemandem ausgetauscht worden sein, der sich bestens im Lager und mit der Logistik auskannte."

Auch Imke war inzwischen aus ihrem Schlummer erwacht. „Ich kapiere das trotzdem nicht ganz. Wenn die Küche mit dem Heroin noch hier im Lager war, warum hat dann jemand zwei andere Küchen geklaut?"

„Eine berechtigte Frage", gab Auffenberg zu.

Schweigen setzte ein. Jeder machte sich seine eigenen Gedanken dazu. Bis schließlich Clemens das Wort ergriff. „Es gibt doch nur zwei Möglichkeiten: „Entweder die beiden anderen Küchen waren ebenfalls präpariert. Das halte ich aber für eher unwahrscheinlich. Die Kerle, die den ersten Lkw ausgeraubt haben, mussten doch damit rechnen, dass ihnen das kein zweites Mal gelingt."

„Dennoch haben sie es ein zweites Mal durchgezogen", gab Claudine zu bedenken.

„Ja", sagte Clemens. „Und sie haben Glück gehabt, dass es Ihnen gelungen ist. Das Risiko war eigentlich zu hoch. Kein Gangster überfällt direkt nacheinander dieselbe Bank. Es sei denn, er ist strohdumm."

„Oder verzweifelt", warf Auffenberg ein.

Clemens nickte. „Genau darauf will ich hinaus. Einmal angenommen, Gunther war hier vor Ort der Verbindungsmann der Bande. Als er ausfiel, waren die anderen sozusagen kopflos. Sie wussten bislang nur, dass in nächster Zeit eine Küche, die auf der A2 nach Ostwestfalen-Lippe geliefert werden sollte, präpariert war. Aber sie wussten nicht, in welcher Fuhre sie stecken würde. Gunther konnte es ihnen ja nicht mehr sagen ..."

Claudine führte den Gedanken weiter: „Also überfielen sie alle Laster, die in Frage kamen. Und die Küche, die an Holtkötter geliefert werden sollte, war zufällig die erste." Sie nickte. „Ja, das ergibt Sinn. So muss es gewesen sein."

„Na prima, dann ist ja alles geklärt", sagte Imke und gähnte. „Last uns aufbrechen – ich bin hundemüde!"

Kapitel 24:
„Einen Aperitif in Ehren kann niemand verwehren."

Es war keine Premiere, dass Clemens hinter dem Steuer eines Lasters saß. Aber es war das erste Mal seit seiner Wehrdienstzeit. Und die lag schon etliche Jahre zurück. Kerich hatte ihm zwar einen Crashkurs auf dem Werksgelände verordnet, aber dennoch waren Clemens' Finger schweißnass, als er den beladenen Lkw durch das Tor lenkte. Er verschätzte sich in der Kurve und musste noch einmal zurücksetzen. Aber schließlich hatte er diese erste Hürde geschafft. Klasse! Eigentlich machte es einen Riesenspaß, so einen Truck zu fahren. Genau das richtige Spielzeug für Männer wie ihn.

Sein Hochgefühl währte jedoch nur kurz. Denn ihm fiel wieder ein, warum er unterwegs war.

Es war seine eigene Idee gewesen, den Lockvogel zu spielen. Im Laderaum befand sich zwar nicht die präparierte Küche, aber das konnten die Täter ja nicht wissen. Falls sie überhaupt anbissen. Doch als er an die betroffenen Fahrer dachte, spürte er wieder Schweiß auf den Handflächen. Schlürs war emordet worden. Und Mütze hatte nur Glück gehabt, weil er der Bande so leicht gemacht hatte.

Um sich abzulenken, schaltete Clemens das Radio ein. Johnny Cash sang „Out among the Stars". Ja, Johnny war bei ihm. Das war echtes Truckerfeeling. Genau das Richtige, um ihn von seinen Grübeleien abzulenken.

Wo war er überhaupt? Auf der Trierer Straße. Als die Schilder zur A62 auftauchten, atmete er auf. Autobahnfahren war kinderleicht. Immer nur geraderaus, oder? Als er jedoch die Auffahrt nahm, merkte er, dass er viel zu schnell durch die Kurve schoss. Einen Moment lang glaubte er, dass es den Laster aus der Kehre tragen würde. Dann hatte er es geschafft. Jetzt schwitzte er am ganzen Leib. Neben ihm hupte jemand. Der Brummifahrer, der ihn überholte, zeigte ihm den Vogel. Clemens schaute aufs Tacho. Er fuhr nur sechzig. Ein weiterer Laster überholte ihn.

„Wenn du nicht ordentlich Gas gibst, kommen wir nie an!"

Beim Klang der Stimme zuckte er heftig zusammen. Fast hätte er sogar vergessen, dass er hinter dem Steuer saß und sich umgedreht.

Er wusste auch so, wer da gesprochen hatte. Claudine! Sie hatten ausdrücklich verabredet, dass sie erst am nächsten Tag mit Imke nach Bielefeld zurückfahren sollte. Was also machte sie jetzt hier?

Bevor er sie fragen konnte, kletterte sie aus der Schlafkabine nach vorne auf den Beifahrersitz.

„Ich hätte fast einen Herzschlag gekriegt!", beschwerte sich Clemens. „Und überhaupt, was tust du hier?"

„Ich hab's mir anders überlegt", tat sie trotzig kund.

„Anders überlegt!"

„Äff mich nicht nach!"

„Das ist kein Kinderspiel. Wir waren uns einig, dass ich den Truck allein fahre, und wir erst während der Fahrt die Polizei benachrichtigen." Er war nun wirklich sauer und machte daraus auch kein Hehl.

„Keine Sorge, Auffenberg habe ich nichts erzählt. Diese Tour ist nach wie vor Privatsache."

„Nicht so ganz. Du vergisst, dass das mein Job ist. Ich habe den Auftrag, die Küche wiederzubeschaffen."

„Und du vergisst, dass das *meine* Küche ist!" Etwas kleinlauter fügte sie hinzu: „Zumindest die meiner Familie. Glaubst du, ich lasse zu, dass du dein Leben für mich und meine Familie riskierst?"

„Jetzt setzen wir beide das Leben aufs Spiel. Hältst du das für sinnvoll?"

„Sinnvoll oder nicht, ich habe auch einen Auftrag. Genau wie du."

„Wenn du die Queen meinst, so weiß die alte Dame garantiert nicht, worauf du dich gerade einlässt."

Eine Weile herrschte frostiges Schweigen.

„Wie wär's mit einem Versöhnungskaffee?", fragte Claudine schließlich.

„Wo willst du den herzaubern?"

„In der Kabine ist eine Kaffeemaschine."

„Na gut, aber nur, wenn du mir versicherst, dass nicht auch noch Imke und Lotte plötzlich auftauchen."

„Keine Sorge, die beiden fahren hinter uns."

„Sie fahren was!" Am liebsten hätte er sich die Haare gerauft. Aber das ging nicht. Es behielt das Steuer fest umkrampft in beiden Händen.

„Sie halten genügend Abstand und schreiten nur ein, wenn es erforderlich sein sollte. Na, du kennst doch Imke. Die ließ sich einfach nicht abweisen. Was ist jetzt: Willst du einen Kaffee oder nicht?"

„Lieber einen Beruhigungstee. Oder einen Schnaps. Oder auch zwei."

Er fragte sich, welche Überraschungen ihn wohl noch erwarteten.

Kapitel 25:
„Ein guter Aperitif macht allen Anfang leicht."

„Ich glaube, wir werden verfolgt." Claudine hatte die ganze Zeit in den Außenspiegel auf der Beifahrerseite geschaut. Seit Gütersloh waren mehrere Lichtpunkte hinter ihnen in der Dunkelheit zu erkennen. Claudine zählte fünf davon und fragte sich, welches Fahrzeug fünf Scheinwerfer hatte. Natürlich: das waren Motorräder! Und sie fuhren alle nebeneinander in einer Reihe. Hoffentlich war Imke nichts passiert. Sie musste irgendwo hinter der Bikerfront sein, aber vom Mini Cooper war nichts zu sehen.

Komisch, warum wurde ihr erst jetzt so richtig bewusst, worauf sie sich da eingelassen hatte? Um diese späte Stunde herrschte kaum mehr Verkehr. Der letzte Wagen hatte sie vor einer Minute überholt. Die roten Rücklichter waren längst nicht mehr zu sehen. Sie und Clemens fuhren mutterseelenallein durch die Nacht. Sie hatte nie geglaubt, dass sie sich auf einer Autobahn einmal derart verlassen vorkommen würde.

Clemens nickte nur. Sie betrachtete ihn von der Seite. Er war sicherlich kein James Bond, aber dennoch schien er zu wissen, was er tat. Sein Gesichtsausdruck wirkte grimmig und konzentriert zugleich. Augenblicklich ließ die Furcht ein wenig nach.

Außerdem würde nun bestimmt bald die Polizei auftauchen. Clemens hatte vor einer halben Stunde mit Kopsieker telefoniert. Sie hatte mitgehört. Kopsieker war stinksauer über den Alleingang gewesen. Aber er hatte sofort verstanden, worum es ging. Und was von ihm verlangt wurde. Bestimmt warteten entlang der Strecke schon überall Polizisten darauf, zuzuschlagen. Allerdings würden sie das erst tun, wenn sie die Bande auf frischer Tat ertappen konnten. Bei dem Gedanken, vielleicht schon in ein paar Minuten in die Mündung einer Pistole zu gucken, wurde ihr mulmiger zumute den je.

Clemens schwieg noch immer. Selbst das Radio war verstummt. Nur das monotone Röhren des Dieselmotors war zu hören.

„Was hast du jetzt vor?“, fragte sie.

„Weiterfahren, was sonst?“

Sie hatten den Bielefelder Berg erreicht. Clemens schaltete in einen niedrigeren Gang. Mittlerweile beherrschte er das schon recht gut, wie Claudine fand. Dafür kamen sie bergan nur langsam voran. Der Laster kroch die Steilstrecke hinauf. Plötzlich hüllte Nebel sie ein und versperrte die Sicht. Clemens noch einen Gang runter.

Als Claudine erneut in den Seitenspiegel schaute, waren die Lichter verschwunden. Wahrscheinlich hatte der Nebel auch sie verschluckt.

Ein lautes Heulen ließ Claudine zusammenzucken. Ein Motoradfahrer war neben ihr aufgetaucht. Er hielt genau die Geschwindigkeit des Lasters ein. Dann erkannte Claudine auch, wie er das schaffte. Mit einer Hand hielt er sich am Türgriff fest.

Hinter dem schwarzen Visier seines Helms war das Gesicht nur zu erahnen, aber dennoch hatte Claudine das Gefühl, dass der Fahrer sie angrinste. Fast hätte sie aufgeschrien. Aber sie beherrschte sich.

Dann schaute sie zu Clemens hinüber. Auch vor seinem Seitenfenster war ein Motorradfahrer aufgetaucht. Die Mündung einer Pistole wies direkt auf Clemens’ Schläfe.

Clemens hob die linke Hand als Zeichen, dass er verstanden hatte. Er betätigte den Blinker und fuhr rechts ran.

„Es ist so weit“, sagte er. Es hörte sich nicht sehr hoffnungsvoll an.

Claudine spürte, wie ein Zittern sie ergriff. Sie versuchte es zu unterdrücken. Vergeblich. Dann dachte sie an die Polizei. Jetzt mussten die Beamten doch bald eingreifen, oder?

Ihre sich überschlagenden Gedanken wurden abrupt unterbrochen. Beide Seitentüren wurden gleichzeitig aufgerissen. Zwei in schwarze Ledermonturen gekleidete und mit schwarzen Helmen vermummte Gestalten sprangen herein. Beide hielten nun eine Pistole in der Hand, auch der Motorradfahrer auf ihrer Seite. Sie drängten sie und Clemens zwischen sich auf den mittleren Sitz. Während der eine den Platz am Steuer eingenommen hatte und die Pistole wieder fortsteckte, drückte der zweite die Mündung gegen Claudines Schläfe. Seltsam, sie hatte immer gedacht, der Waffenstahl würde sich kühl anfühlen. Stattdessen spürte sie eine fast angenehme Wärme.

„Keine Tricks. Keinen Mucks. Verstanden?“, hallte es dumpf hinter dem Helm hervor. Claudine und Clemens nickten. Claudine versuchte, das Gesicht hinter dem dunkel getönten Visier auszumachen, aber es spiegelten sich nur ihre eigenen ängstlichen Augen darin.

„Glotz nicht so!“, befahl der Kidnapper. Claudine schaute sofort zur Seite.

Der Kerl hinter dem Lenker startete den Laster und fuhr an. Nebelschwaden zogen an den Seitenscheiben vorbei. Jetzt konnte Claudine noch nicht einmal mehr auf der Gegenfahrbahn Lichter erkennen. Es war, als schwebten sie in einem Geisterluftschiff durch dichte Wolken dahin. Vielleicht war ja alles nur ein böser Traum. Gleich würde sie erwachen und ...

Vor ihnen tauchte ein rotes Licht auf. Im ersten Moment hielt Claudine es für eine Nebelschlussleuchte. Dann erkannte sie, dass es auf und abgeschwenkt wurde. Eine Kelle! Eine Polizeikelle! Ihr Herz raste plötzlich.

Der Fahrer setzte den Blinker und scherte nach rechts aus. Doch anstatt anzuhalten, fuhr er einfach weiter. Claudine wollte etwas sagen, verbiss sich die Äußerung aber im letzten Moment. Sie schaute nach rechts aus dem Fenster. Sie hatten einen Rastplatz erreicht. Weit und breit kein Polizeiwagen. Dafür tauchten plötzlich erneut Motorräder neben ihnen auf. Sie überholten den Lastzug und setzten sich an die Spitze.

In halsbrecherischer Fahrt ging es über einen Privatweg, der vom Rastplatz weg führte, steil abwärts. Instinktiv klammerte Claudine sich an Clemens fest.

„Auseinander!“, befahl der Behelmte neben ihr. Er fuchtelte mit der Waffe herum und richtete sie erneut auf sie.

Da reagierte Clemens. Völlig unerwartet und blitzschnell. Er schlug von unten gegen den Arm des Mannes. Der Arm wurde nach oben geschleudert, doch im selben Moment löste sich ein Schuss aus der Waffe. Der Fahrer brüllte getroffen auf. Blut spritzte durch den Fahrerraum. Claudine schrie, als das Blut wie ein warmer Regenschauer auf sie niederprasselte. Der Bandit senkte die Waffe. Diesmal zielte er auf Clemens.

Clemens merkte es gar nicht. Er hatte ins Steuer gegriffen und hielt den Laster mit Mühe auf der Straße.

Stattdessen reagierte Claudine. Sie schlug sie die Zähne in den Arm des Bewaffneten. Die Pistole entglitt seinen Fingern und fiel polternd zu Boden. Aber Claudine ließ die Zähne in seinen Ärmel geschlagen. Sie ließ auch dann nicht locker, als er sie mit der freien Hand an den Haaren zog.

Sie bekam nicht mit, wie der Laster schlingernd zum Stehen kam. Sie wusste nur, dass sie nicht loslassen durfte. Inzwischen schlug ihr Gegner mit der Faust brutal auf sie ein.

Blut tropfte ihr von die Stirn in die Augen. Diesmal war es ihr eigenes Blut.

Langsam wurde es schwarz um sie herum.

Doch nun stürzte Clemens sich auf ihren Gegner. Wie ein Berserker prügelte er auf ihn ein.

Dann hörte sie die Stimmen.

Und dann gar nichts mehr.

Kapitel 26:
„Schade um einen guten Trunk vor bösem Fraß."

Clemens war verzweifelt. Er hatte kein Auge dafür, dass überall plötzlich bewaffnete Polizisten herumliefen. Auch nicht dafür, dass die Motorradfahrer versuchten, in alle Richtungen zu flüchten. Auch sie wurden gestellt. Ihn interessierte auch nicht im Geringsten der Zustand der beiden Kidnapper. Er hatte nur Augen für Claudine.

Nachdem er selbst aus dem Wagen gesprungen und Claudine so vorsichtig wie es nur eben ging herausgehievt und vorsichtig auf den Boden gelegt hatte, rief er um Hilfe.

„Helft ihr doch! Hierher, alle Sanitäter hierher!"

Zwei weiß gekleidete Gestalten kamen herbeigelaufen.

„Lassen Sie uns mal sehen", sagte einer. Clemens gab Claudine nur ungern frei. Er erhob sich zwar, damit die Sanitäter sie untersuchen konnten, aber er blieb zugegen und beugte sich gespannt über die Verletzte. Auch jetzt sah er nur Claudine allein. Ihr Gesicht war voller Blut, die Augen geschlossen, der Mund leicht geöffnet. Atmete sie schon nicht mehr?

„Lebt sie noch?", fragte er.

„Keine Sorge, das ist nur eine Platzwunde am Kopf. Vielleicht hat sie auch eine leichte Gehirnerschütterung davongetragen. Das werden wir im Krankenhaus feststellen.

„Sie lebt? Und es ist nichts Ernstes?" Clemens glaubte, vor Erleichterung ohnmächtig zu werden. Er hätte es sich nie verziehen, wenn ihr was passiert wäre. Wieso hatte er auch den Waffenarm des Banditen wegschlagen müssen?

Weil er sonst vielleicht geschossen hätte, lautete die Antwort.

„Waren Sie in Ihrem früheren Leben Stuntman oder so was?"

Die Stimme kannte er. Er wandte sich um und erkannte Kopsieker. „Echt filmreife Szene", knurrte der Beamte.

„Anstatt das alles uns zu überlassen! Trotzdem danke! Gute Arbeit."

Wahrscheinlich war das schon das höchste Lob, zu dem der knorrige Beamte überhaupt fähig war.

„Haben Sie alle von denen erwischt?"

Kopsieker nickte. „Alle acht."

„Acht? Ich habe nur fünf Motorräder gezählt."

„Wir hatten Sie die ganze Zeit schon im Visier. Als die beiden Kerle zu Ihnen eingestiegen sind, haben zwei andere, die bis dahin hinten auf dem Soziussitz gesessen hatten, die Maschinen übernommen. Und der achte stand auf dem Rastplatz Schmiere und hat sie eingelotst."

Clemens sah an Kopsieker vorbei. Mehrere Männer in schwarzer Motorradkluft wurden in einen Polizeitransporter gesteckt. Ein weiterer leistete Widerstand. Gleich vier Beamte versuchten vergeblich, ihm den Helm abzunehmen.

„Schauen wir uns den Burschen doch mal genauer an", schlug Kopsieker vor und ging voran.

Clemens blickte noch einmal besorgt auf Claudine nieder und vergewisserte sich, dass die beiden Sanitäter sie behutsam versorgten. „Ich komme sofort wieder", sagte er hastig. „Fahren sie auf keinen Fall ohne mich." Dann erst folgte er dem Kriminalbeamten.

Der renitente Motorradfahrer hatte inzwischen aufgegeben. Drei Polizisten hielten ihn an Armen und Beinen fest, der vierte löste den Helm vom Kopf. Darunter kam eine Sturmmaske zum Vorschein.

Kopsieker ließ es sich nicht nehmen, sie dem Mann eigenhändig vom Kopf zu ziehen.

Ein verschwitztes Gesicht kam zum Vorschein.

„Du?", entfuhr es dem Mann, als er Clemens erkannte.

„Wundert dich das, Justus? Ich habe dir doch gesagt, an was für einem Fall ich arbeite."

„Aber du warst immer ein Versager. Warum sollte ich dich plötzlich ernst nehmen."

Clemens wusste, dass Justus ihn nur kränken wollte. „Es tut mir leid“, sagte er.

„Dir tut es leid? Was tut dir leid?“ Justus war plötzlich voller Hass. „Dass jemand wie ich so jämmerlich bezahlt wird, dass er zusehen muss, wie er die Kröten für seine Wohnung zusammenkriegt?“

„Immerhin hast du im Schloss gewohnt.“

„Ja, in einem zugigen Seitenflügel, in dem früher die Knechte gehaust haben. Und selbst das ist noch teuer genug! Mein lieber ahnungsloser Clemens. Du hast keine Ahnung, wie die Welt funktioniert. Hohe Gewinne erzielst du nur mit hohen Einsätzen. Ich bin Musiker, ich bin Künstler! Vielleicht bin ich sogar ein Genie, wer weiß? Ich bin nicht bereit, mein Leben lang im Dreck zu wühlen. In diesem drittklassigen Provinztheater zu verkümmern. Ich habe besseres verdient, verstehst du?“

Clemens schüttelte den Kopf. „Nee, irgendwie nicht. Es stimmt, du wolltest schon immer hoch hinaus. Aber wer zu hoch fliegt, der landet mit der Nase nur noch tiefer in genau demselben Dreck, dem er entfliehen wollte.“

„Clemens, der Prediger. Leck mich doch!“

„Abführen“, befahl Kopsieker.

Als die Beamten ihn abführen wollten, bäumte sich Justus noch einmal auf. „Gestatten Sie mir noch eine letzte Frage!“, bat er.

„Meinetwegen“, knurrte Kopsieker.

Justus blickte Clemens an: „Seit wann hast du es gewusst?“

„Gewusst habe ich es zu keinem Zeitpunkt, aber irgendwann geahnt. Die Sache mit dem Schlüssel, weißt du? Die hat mir von Anfang an gestunken. An dem Schlüsselbund, das du mir anvertraut hattest, befand sich zwar anfangs ein ähnlicher Schlüssel, aber nicht der zum Portal. Ich habe da ein recht gutes Gedächtnis. Dann hast du den Schlüssel geklaut und behauptet, ich hätte ihn verloren. Weil du wusstest, dass du ihn am Tatort verloren hattest! Ich habe mich erkundigt: Es ist ein ziemlicher Aufwand, ihn nachmachen zu lassen. Man bracht dazu diverse Genehmigungen, und alles wird penibel festgehalten."

„Machen Sie es nicht zu lang", bat Kopsieker. „Und glauben Sie mir, den Schlüssel rück ich nicht heraus! Erst vor Gericht!"

Während die Beamten Justus abführten, wandte sich Kopsieker noch einmal an Clemens. „Wieso waren Sie sich eigentlich so sicher, dass die Bande von Ihrem Transport erfuhr? Soweit ich Sie verstanden habe, liegt doch der Komplize wieder im Koma."

„Ja, aber er hatte noch einen Helfer. Allein kann man so ein Ding gar nicht drehen. Sein Partner wusste nur nicht, welche Küche nun genau die mit dem Heroin war. Er wusste nur, dass es eine der Küchen sein musste, die von Türkismühle nach Ostwestfalen-Lippe transportiert wurden.

„Und wer ist dieser Helfershelfer?"

Epilog:
„Ein gutes Ende wird immer auch von einem guten Aperitif eingeleitet."

„Der nette Herr Kerich, er hat alles gestanden. Und er bereut. Gunther hatte ihn überredet, mitzumachen. Die Verlockung war halt zu groß."

Immer wieder musste Claudine die Story erzählen. Sie saß mitten unter den vielen geladenen Gästen. Der große runde Achtertisch bildete den Mittelpunkt der „Taube".

Holtkötter hatte es sich nicht nehmen lassen, sie, Clemens, ihre Freundinnen, das gesamte Team vom Fernsehen, die Presse und überhaupt jeden einzuladen, der Rang und Namen hatte. Immerhin galt es, den gelungenen Start seiner neuen Kochsendung „Lieber lecker gekleckert als klobig geklotzt!" zu feiern.

Claudine schaute auf Tjorben, der auf der anderen Seite des Tisches saß und mit hochrotem Kopf soeben mit einer der Assistentinnen vom Fernsehen Brüderschaft trank. Sie war froh, dass es nicht Tjorben gewesen war, der vor ihrem Haus gestanden und sie bedroht hatte. Sie hatte es sich sowieso nicht vorstellen können. Der Anrufer war Justus gewesen. Er hatte sie einschüchtern wollen. Ebenso Clemens. Er hatte ihm seine Motorradbande auf den Hals geschickt.

„Und den Erfolg", schwärmte Holtkötter und riss sie mit seinen Worten wieder in die Gegenwart, „verdanken wir nicht zuletzt Ihrer fabelhaften Küche!" Er hatte sich zu Claudine und ihren Freundinnen gesetzt und gönnerhaft den Arm um ihre Schulter gelegt. Claudine ließ ihn gewähren. Dieses eine Mal.

Ein Schatten näherte sich von hinten. Gertrud stellte sich neben ihn. In ihrem weißen Cocktailkleid sah sie fabelhaft aus „Ach, Harry, du bist immer so bescheiden. Natürlich ist der Erfolg deiner Kochkunst zu verdanken."

Harry strahlte, und als sich Gertrud über ihn beugte, gab er ihr einen schmatzenden Kuss.

Claudine ließ es kalt. Sie war sogar froh, dass Harry ihr früh genug sein wahres Gesicht gezeigt hatte. Oder zumindest eine Facette seines wahren Selbst. Ihn auf Abruf so bedingungslos anzuhimmeln wie Gertrud es tat, wäre sowieso nicht ihr Ding gewesen.

Apropos: Sie hatte jetzt einen neuen Schwarm. Claudine sah sich nach Clemens um. Der kulinarische Abend war so richtig nach seinem Geschmack gewesen. Er hatte geschwelgt, als gebe es kein Morgen. In Zukunft würde sie ein wenig über seine Linie wachen müssen.

In Zukunft? Sie waren ja noch nicht einmal offiziell ein Paar. Aber so wie Clemens ihre Blicke erwiderte, lief alles darauf hinaus, dass sie die Zukunft miteinander teilten.

Endlich hatte sie ihn erspäht. Er stand an der Bar und nahm soeben zwei Champagnerkelche entgegen. Claudine fand, dass er blendend aussah in seinem dunklen Anzug und der farbigen Krawatte. Gekonnt bugsierte er die Gläser durch die Menge, bis er endlich neben ihr stand.

„Also, was ich noch sagen wollte ..."

Claudine sah sich unauffällig um. Holtkötter war bereits zum nächsten Tisch gewandert, und ihre versammelten Freundinnen hingen ausnahmsweise mal nicht an ihren Lippen. Die Gelegenheit nutzend, stand sie auf und führte Clemens nach draußen auf die Terrasse. Es war sommerlich warm, und der Mond am Himmel schien sein sanftes Licht heute Abend nur für Liebende zu verströmen.

Clemens reichte Claudine ein Glas. „Ich bin so froh, dass alles wieder in Ordnung ist."

„Das wolltest du mir sagen?"

„Nein, also eigentlich ..." Sie standen ganz nah beisammen und blickten einander an.

Dieser Feigling! Also gut, wenn er nicht den Mut hatte, musste sie den ersten Schritt tun. „Clemens, ich ..."

In diesem Moment zwitscherte ihr Handy. Am liebsten hätte sie es klingeln lassen. Aber sie ahnte schon, wer dran war. Und diese Anruferin war extrem hartnäckig.

„Moment, es dauert nicht sehr lange", sagte sie entschuldigend und zog das Handy aus der Tasche.

„Claudine, mein Kind! Endlich erreiche ich dich. Du hast doch versprochen, mir die ganze Geschichte noch einmal richtig zu erzählen, von Anfang an."

Es würde wohl doch ein sehr langes Gespräch werden. Claudine zuckte bedauernd die Achseln.

Clemens verstand. Und eigentlich war er sogar irgendwie froh darüber. Diskret zog er sich zurück. Das Kribbeln in seinem Bauch war überaus angenehm. Verliebtsein war wie ein besonders vielversprechender Aperitif.

Er wollte den ersten Gang lange hinauszögern.

Umso mehr würde er ihn schließlich genießen.

Aus dem Rezeptbuch von Jens Jakob

Die Speisen, die Clemens bei seinem Besuch in der „Taube“ goutiert, stammen aus dem privaten Rezepte-Schatz von Jens Jakob, hochgelobter dekorierter Zwei-Sterne-Koch und Inhaber des Le noir in Saarbrücken, der uns diese freundlicherweise für Harry Holtkötter zur Verfügung gestellt hat.

In der neu vorgestellten Ausgabe des Guide Michelin 2014 wird das Restaurant Le noir in der Mainzerstraße 26 in Saarbrücken als einziges saarländisches Restaurant mit zwei Sternen ausgezeichnet. Damit geht die Erfolgsgeschichte des 2007 gegründeten Gourmet-Restaurants weiter. Nach der Verleihung des ersten Sterns im Jahr 2010 und der Nominierung als Hoffnungsträger für den zweiten Stern in 2012, folgte nun die nächste Auszeichnung. Damit gehört das Le noir zu den fünfzig besten Restaurants in Deutschland.

http://www.lenoir-restaurant.de

Spinatsalat mit Pinienkernvinaigrette und gehobeltem Parmesan mit Grillgemüsen

(Rezept für 4 Personen)

Zutaten Spinatsalat mit Pinienkernvinaigrette:

1 kg junger Spinat
150 g Parmesan am Stück
Salz
Pfeffer
Cayenne
Muskat
1 Knoblauchzehe
0,2 l Balsamicoessig
0,2 l Olivenöl
0,2 l Walnussöl
0,2 l Traubenkernöl
2 Schalotten
30 g gehackte und geröstete Pinienkerne

Zubereitung:

- Spinat putzen und waschen, danach trocknen.
- Parmesan fein hobeln.
- Schalotten und Knoblauch fein schneiden.
- Balsamico in eine Schüssel geben, würzen und verrühren, bis sich das Salz aufgelöst hat. Alle Öle dazugeben und mit einem Schneebesen verquirlen. Nun den Spinat dazugeben, die Pinienkerne und den gehobelten Parmesan unterheben. Alles vermischen und sofort servieren. (Zubereitungszeit ca. 15 Minuten)

Zutaten Grillgemüse:

Olivenöl
1 Zucchini
1 Aubergine
2 rote Paprika

16 Baby-Strauchtomaten
4 Knoblauchzehen
Kleiner Bund Rosmarin
Saft von einer halben Limette
Salz
Pfeffer

Zubereitung:

- Die Paprika mit Olivenöl einreiben, angedrückten Knoblauch, einen Rosmarinzweig dazu und auf ein Blech setzen. Mit Alufolie abdecken.
- Die Tomaten vom Strauch lösen, ohne das Grün zu entfernen, auf ein Blech setzen, angedrückten Knoblauch und einen Rosmarinzweig dazulegen, mit Olivenöl marinieren und mit Alufolie abdecken. Beides ca. 15 Minuten bei 180 Grad im Ofen backen, bis die Haut aufgeplatzt ist. Aus dem Ofen nehmen und die Haut entfernen. Ein Blech mit Olivenöl vorbereiten und das Gemüse in Scheiben schneiden, die Tomaten ganz lassen.
- Die Grillpfanne ohne Öl vorheizen und das Gemüse auf dem Blech mit Olivenöl marinieren. Jetzt alles nacheinander scharf anbraten. Am Ende würzen.
- Auf ein Blech legen.

(Zubereitungszeit ca. 10 Minuten, Kochzeit 45 Minuten)

Anrichten:

Das Gemüse auf dem Teller anordnen und den Spinatsalat darauf geben, mit den Tomaten dekorieren.

***

Pochiertes Kalbsfilet mit Champagnerrisotto
(Rezept für 10 Personen)

Zutaten Risotto:

Olivenöl
180 g Risotto- Reis
1 St. Schalotte
80 ml Riesling
1 St. Lauch
1 St. Karotte (klein)
1 St. Knoblauchzehe
180 ml Hühner- oder Rinderbrühe
50 g Parmesan
Butter
Olivenöl
Salz und Pfeffer
Crémant oder Sekt
Limette

Zubereitung:

- Olivenöl in Stielkasserolle geben.
- Schalotten fein gewürfelt ins Öl geben dann Risotto hinzufügen und glasig rühren.
- Karotten (gewürfelt) und Knoblauch dazugeben.
- Mit Riesling ablöschen. Riesling einreduzieren.
- Mit Brühe auffüllen und alles bissfest garen.
- Wenn die Konsistenz erreicht ist, Parmesan und kalte Butter unterrühren. Mit Salz, Pfeffer, Crémant, Limettensaft und Zesten abschmecken.

Zutaten Kalbsfilet:

2 Kalbfilets
Glatte Petersilie
Rosmarin
Senf

Zubereitung:

Kalbsfilet vorbereiten und mit Senf bestreichen. Die Kräuter hacken und das Filet darin wenden. In Klarsichtfolie und dann in Alufolie fest einwickeln. Im Wasserbad bei 70°C garen bis eine Kerntemperatur von 55°C erreicht ist.

***

Rhabarber-Erdbeer-Törtchen mit Vanilleeis

Zutaten:

Filoblätter
Creme Patissier
Haselnussbrösel
Erdbeeren und Rhabarber gedünstet
Butter
Puderzucker
Vanilleeis

Rezept Vanilleeis:

16 Eigelb
220 g Zucker
1 l Sahne
Vanilleschoten

Zubereitung:

Eigelb mit Zucker schaumig schlagen. Sahne aufkochen mit Vanille und langsam unter die Zucker-Eigelbmasse rühren. Passieren und abdrehen (Eismaschine).

***

Rezept Creme Patissier

Zutaten:

Je 250 g Sahne und Milch
2 Vanilleschoten
1 Ei
3 Eigelbe
110 g Zucker
45 g Cremepulver

Zubereitung Creme:

Sahne, Milch, Zucker und Vanille aufkochen. Eigelb mit Eiern und Cremepulver verquirlen und nach dem Aufkochen der Sahne/Milch unter diese in 3 Stufen rühren.

***

Rezept Haselnussstreusel

Zutaten:

375 g Haselnussgries
500 g Mehl
500 g Butter
500 g Zucker

Zubereitung Haselnussstreusel:

Butter schaumig schlagen und die restlichen Zutaten unterheben.

***

Süßes Menü mit Brie

Das süße Menü mit Brie, das Clemens Claudine auftischt, hat ebenfalls Jens Jakob kreiert:

Ananassorbet

Zutaten:

Ananasmark von Le Boiron
700 g Puderzucker
Limetten
Monin, Ananas

Zubereitung:

Alles zusammen mischen und in der Eismaschine abdrehen.

***

Schokoladenmousse

Zutaten:

8 Eigelb
150 g Zucker
3 Blatt Gelatine
960 g geschlagene Sahne
40 g Rum
440 g 58% Kuvertüre
80 g 70% Kuvertüre

Zubereitung:

- Eier zur Rose schlagen. Flüssige Kuvertüre zugeben, dann den Rum und die Gelatine. Die geschlagene Sahne unterheben.

***

Getrüffelter Brie de meaux
mit Pinienkernvinaigrette und Mesclunsalat
(Rezept für 10 Personen)

Zutaten:

800g Brie de meaux
Butter
Junger Salat (Gelbes vom Frisee, Kerbel, Radicchio)
Trüffelöl
Balsamico- Olivenöl- Vinaigrette
Pinienkerne
Grundgewürze
20g Wintertrüffel

Zubereitung:

- Brie de meaux in der Mitte halbieren. Trüffel hobeln und in einer Casserole, Butter und Trüffelöl glasieren. Den Brie damit bedecken und mit dem Deckel verschließen. Pinienkerne rösten und mit dem Essig und dem Öl abschmecken.
- Den Käse temperieren. Auf einen Teller geben und mit dem jungem Salat und der Vinaigrette marinieren.

***

Die Zitate zum Thema „Aperitif" stammen aus dem Nachlass des legendären Barkeepers James Koslowski (1927-1998), der bis zu seinem Tod das „Schwister'S" in Hagen/Westf. betrieb. Leider sind die Zitate keinen lebenden noch toten Personen mehr zuzuordnen.

Danksagung

Ich danke Carsten Sebastian Henn, ohne den das Buch nie geschrieben worden wäre,

Caroline Leitzgen, Nadja Koch und Sabine Herrmann für einen kreativen Nachmittag am Bonner Rheinufer,

Jens Jakob für die inspirierenden Rezepte,

Gisela Greving-Voehl und Malte S. Sembten für ihr sorgfältiges Lektorat und die wertvollen Hinweise,

Peter Schurzfeld und allen Leuten bei topp + möller, M7 und SCHMIDT Küchen, die mich dabei unterstützt haben, dass das Buch rechtzeitig fertig wurde.